Liebe ist nicht wie ein Stein

*Liebe ist nicht wie ein Stein einfach nur da,
sie muss bearbeitet und in Form gebracht,
wie ein Teig geknetet und immer wieder
neu erschaffen werden*

U. Guin

Rosmarie Frischknecht
Liebe ist nicht wie ein Stein
Vom Leben, vom Lieben
und vom Sterben

Roman

Alle Rechte bei der Autorin
Lektorat: Barbara Fatzer
Herstellung: Books on Demand GmbH, Norderstedt
ISBN 3-0344-0199-X

1. Teil

Renée sah auf ihre Uhr. Der Bus hatte wie gewohnt Verspätung. Gestern waren es fünf Minuten gewesen, heute schon sieben. Und nun begann es auch noch zu nieseln. Sie spürte, wie sie langsam wütend wurde. Was zum Teufel war los mit ihr? Was machte sie so ungeduldig? Was erwartete sie schon zuhause? Einsamkeit, Angst vor den immer wieder kommenden Schmerzen, so wie gestern und am Tag davor.
Als der Bus endlich kam, stieg sie schlecht gelaunt ein, setzte sich wie immer in die zweithinterste Reihe. Und dann kam ein junger Mann, der sich freundlich lächelnd zu ihr setzte. Er sah ihr offen ins Gesicht, aber sie wandte den Blick ab. Ob er an meinen Falten mein Alter abliest? fragte sie sich.
Renée schätzte ihn auf fünfundzwanzig. Sie war achtunddreissig. Mein Gott, bestimmt dreizehn Jahre jünger als sie!

Sie verliess den Bus am Hauptbahnhof. Vor acht Jahren war sie vom Land nach Zürich gekommen, aber sie hatte sich nie ganz wohl gefühlt in dieser Stadt und je länger je mehr dachte sie daran, wieder in ein kleines Dorf umzuziehen. Bis zum Wohnblock, wo sie eine grosse Dreizimmerwohnung gemietet hatte, ging sie immer zu Fuss. Sie dachte, ein bisschen Bewegung, und seien es nur zwanzig Minuten, wären gut für ihre Gesundheit. Vor dem Hauseingang blieb sie zögernd stehen.

„Was soll ich in der leeren Wohnung?" Sie drehte sich um, ging den Weg zurück bis zu einem kleinen Restaurant, gerade richtig für ein Abendessen.

Es sassen erst wenige Leute an den kleinen Tischen. Der Geruch von Gewürzen stieg ihr in die Nase.

Plötzlich verspürte sie Heisshunger. Sie legte ihren pelzgefütterten Mantel sorgfältig über den Stuhl neben sich und setzte sich leicht geziert. Sie hängte Kleidungsstücke nur an eine Garderobe, wenn sie diese von ihrem Platz aus im Auge behalten konnte.

Der Kellner brachte ihr nach kurzer Zeit das bestellte Glas Rotwein und einen Teller mit Tomaten-Spaghetti. Als sie das Glas hob, stand ganz plötzlich der junge Mann aus dem Bus neben ihr.

„Darf ich mich zu Ihnen setzen?" fragte er. Renée war erstaunt und zögerte.

Der Mann lachte: „Ich esse nicht gern allein."

Nun lachte auch Renée. Geräuschvoll zog er den Sessel unter dem Tisch hervor. Seine Jacke warf er auf ihren Mantel. Das verschlug Renée, der stets korrekten Dame, den Atem, und sie wunderte sich selbst, dass sie ihrem Ärger keine Luft machte.

Er lächelte sie an: „Ich heisse Chris."

Sie wusste, dass es eine neue Mode war, sich gleich das Du anzubieten, aber das wollte sie nicht. Sie schwieg ganz einfach. Das Restaurant füllte sich langsam mit Gästen.

Dieser Chris stützte die Ellbogen auf den Tisch, zog die Speisekarte aus der Halterung und pfiff leise vor sich hin, während er die Gerichte studierte. Renée war das peinlich. Sie sah sich um, aber niemand nahm Notiz von ihnen.

Verstohlen musterte sie ihren Tischgenossen. Er hatte sehr kurzes, braunes Haar, eine auffallend schmale Nase, und seine Augen, zwischen gelb und braun, blickten wach in die Welt. Sie schienen alles wahrzunehmen. Renée war etwas beunruhigt. Was wollte er von ihr? Sie hatte schon gehört, dass es junge Männer gebe, die es auf ältere Frauen abgesehen hätten. Sie konnte sich nicht vorstellen, dass jemand wie er an ihr Gefallen finden könnte.

Einer ihrer Charakterzüge war, immer zuerst misstrauisch zu sein. Überhaupt, wäre ja lächerlich... Nein mit so einem jungen Mann würde sie sich nie im Leben einlassen. Sie würde sich ganz einfach schämen.

Chris bestellte Rührei mit Tomaten und Salat.

„Sie arbeiten auch bei Lange, nicht wahr?" sagte er kauend.

Renée zögerte. Was ging ihn das an? „Sie etwa auch?" fragte sie, nicht sehr interessiert.

„Ja, ich bin Techniker."

Die Tomate fiel ihm von der Gabel. Er sah Renée lächelnd an: „Wo arbeiten Sie?"

„Ich bin Sekretärin bei Vizedirektor Malini."

Er sagte nichts, verschlang sein Rührei und fragte dann, ob er eine Zigarette rauchen dürfe. Sie zuckte die Schultern. „Ah, lieber nicht." Er steckte die Zigarette in die Box zurück.

Renée rief dem Kellner; sie wollte bezahlen.

„Sie gehen schon?" er sah sie enttäuscht an, „sehen wir uns morgen wieder?"

Sie lächelte ein bisschen: „Weiss ich nicht".

Er stand behende auf, als sie sich erhob, und half ihr in den Mantel. Dabei berührte er ihre Brust. Ein leiser Schauer lief durch ihren Körper. Sie war erstaunt – und es war ihr peinlich.

Langsam schlenderte sie zurück zu ihrem Wohnblock. Sie schob alle Gedanken an Chris von sich. Der Mond stieg hinter den Bäumen auf, als sie die Post aus dem Briefkasten nahm. Nichts wurde in ihr lebendig beim Anblick der grossen roten Kugel, die am Himmel hing. Doch als sie ins Wohnzimmer trat, knipste sie keine Lampe an, weil der Mond direkt vor dem Fenster stand und den Raum mit Licht überflutete. Eine unbändige Sehnsucht nahm ganz plötzlich von ihr Besitz.

Tränen traten ihr in die Augen, traurig summte sie das Lied, das sie in Frankreich vor langer Zeit einmal gesungen hatte: „Oh luna rossa, reine de nuit, tu as des yeux qui me souris, vas tu porter cette mélodie, vers celui que j'adore..."

Traurig ging sie in die kleine Küche, die mit einer Bar ausgestattet war, knipste die vielen Lampen an und legte Briefe, Prospekte und Zeitungen neben die Grünpflanzen auf den Bartisch. Nur Rechnungen, immer nur Rechnungen, kein Brief von irgend jemand... Dummes Schaf, schalt sie sich, wie kann ich einen Brief erwarten, wenn ich selbst keine Briefe schreibe. Früher noch hatte ihr Lucie, eine Schulfreundin, geschrieben, doch als diese mit fünfundzwanzig geheiratet hatte, hörte sie nichts mehr von ihr.

Wie jeden Abend schaute sie sich irgend eine Talkshow im Fernseher an. Doch sie war nicht richtig bei der Sache. Sie dachte an den jungen Mann im Restaurant. Könnte sie sich in einen solchen Jungen verlieben?

Blödsinn! Doch sie hatte davon gehört, dass sich Frauen mit vierzig oder mehr scheiden liessen und sich nachher mit einem jüngeren Mann zusammen taten. Aber das waren bestimmt ganz besondere Frauen, Künstlerinnen oder so. Aber sie? Mit so wenig Erfahrung. Unerfreuliche Erfahrungen hatte sie nur mit zwei Männern gemacht. Der eine war so fromm, dass er sie als die ewige Schlange, das Weib, beschimpfte, als sie ihm beim Küssen den Reissverschluss an der Hose öffnen wollte. Sie hatte einen solchen Schock, dass sie ihn nie mehr sehen wollte. Der zweite, den sie gehabt hatte, war so ungeschickt, dass er sie davon überzeugen konnte, sie sei frigide. Aus – vorbei – sie hatte Angst vor nahen Beziehungen.

Sie schaltete den Fernseher aus, setzte sich in den bequemen Polstersessel , den sie kürzlich gekauft hatte. Das Büchergestell an der Wand war ebenfalls neu. Fünf Reihen Bücher hatte sie vorzuweisen, Romane, die sie in eine Traumwelt entführten. Noch nie hatte sie ein Buch mit traurigem oder gar dramatischem Ende gelesen. Als sie zufällig in einem Literaturclub im Fernseher hörte, wie ein bekannter Kritiker sagte, man könne sich auch dumm lesen, wusste sie gar nicht, was er meinte.

Der junge Mann hatte eine der bekanntesten Zeitungen bei sich gehabt. Sicher fast hundert Seiten dick. Bestimmt war er an Politik und Wissenschaft interessiert. Sie schämte sich ein wenig als sie daran dachte, wie wenig sie dazu zu sagen hätte.

Im Wohnzimmer war es kühl. Renée drehte immer die Heizung auf ein Minimum zurück, wenn sie am Morgen wegging. Es würde mindestens eine halbe Stunde dauern, bis es gemütlich warm war.

In ihrem Hals sass ein Kloss. Sie mochte weder lesen noch fernsehen. Der Schmerz in ihrem Rücken wurde immer stechender. Wut stieg in ihr auf. Sie dachte an ihren Chef, der so viel von ihr verlangte und ihr selten etwas Nettes sagte. Sie dachte an ihre Arbeitskollegin Renate, die ihr gesagt hatte, ihre Schmerzen wären rein psychisch. Diese blöde Kuh, die viel jünger war als sie und die so „weltmännische" Allüren hatte.

Renée ging ins Schlafzimmer, setzte sich vor den Spiegel. „Mädchen, was du aus dir machen könntest", das hatte auch Renate gesagt, „diese altmodische, altjüngferliche Brille, die du trägst, dunkles Horngestell, es darf doch nicht wahr sein! Wenn du Make-up auflegen, deine Augen gekonnt schminken würdest, glaube mir, du wärst eine Schönheit. Und dein Haar! Mit Locken sähest du zehn Jahre jünger aus."

Sie hatte ihre Kollegin nur stumm angesehen und dann gefragt: „Und sonst nocht was?"

„Ja, sonst noch was: Kauf dir doch endlich mal etwas wirklich Schickes zum Anziehen."

Das war schon vor einem halben Jahr gewesen. Renée sah nicht ein, weshalb sie dieser Renate zuliebe etwas ändern sollte. Eigentlich war diese Kollegin, die einzige, mit der sie hie und da redete, doch ziemlich nett. Auf jeden Fall schien sie immer gut gelaunt zu sein, und sie war mit allen sehr freundlich, von der Putzfrau bis zum

Direktor. War vielleicht beim Direktor mehr dahinter?

Renée nahm die Brille ab, rückte näher zum Spiegel, sah sich genau an. Sie stellte sich vor, wie sie aussähe mit geschminkten Augen. Wenn man die Brauen schmälern würde, die Wimpern (dass sie ausserordentlich lang waren, das wusste sie) färben...?

Obwohl sie mit Schmerzmitteln sparsam umging (auch so eine blöde Marotte von dir, hatte Renate gesagt), ging sie ins Bad und nahm gleich zwei der Rheumatabletten, die sie eine Stunde später in Tiefschlaf versenkten.

Als sie am Morgen erwachte, war ihr erster Gedanke der junge Mann von gestern Abend. Und wenn ich ihm nun doch gefalle, wenn er an mir interessiert ist, an mir, Renée Brun?

Sie lag ganz still auf dem Rücken. Sie malte sich aus, wie es sein könnte: Ausgehen, ins Kino, in Konzerte mit einen attraktiven Mann an ihrer Seite. Gemeinsam Ferien verbringen. Ihre Wangen glühten, sie spürte etwas in sich, was sie schon sei Jahren nicht mehr gespürt hatte: Sehnsucht.

Sie verliess ganz vorsichtig das Bett. Die Schmerzen waren praktisch weg. Und nun tat sie etwas, was sie im ganzen Leben noch nie getan hatte: Sie rief im Büro an, sagte, dass sie unerträglich Schmerzen hätte und heute nicht zur Arbeit kommen werde.

Sie fühlte sich wie ein kleines Mädchen, das Äpfel gestohlen hatte.

Was nun? Ihr erster Gedanke war, zum Friseur zu gehen, sich eine Dauerwelle machen zu lassen. Aber das konnte sie ja gar nicht, sie war krank.
Zu dumm. Chris konnte sie an diesem Tag auch nicht sehen. Vielleicht denkt er, ich weiche ihm aus. Tat sie das? War der Gedanke, nicht zur Arbeit zu gehen der Gedanke, Chris nicht begegenen zu wollen? Wie sagte Renate immer? Unbewusst. Unbewusst, das sagte Renate oft. Das Unterbewusste, sagte sie, ist unser Engel und unser Teufelchen zugleich. Der Engel bewahrt uns, ohne das wir es merken, vor Dummheiten und Unfällen. Das Teufelchen macht, dass wir die Wahrheit nicht sehen (wollen). Wir weichen aus: wir sind krank, wir trinken zuviel, wir arbeiten zuviel und so weiter. Aber der Grund liegt tiefer.
Als Renate das sagte, dachte Renée nicht weiter darüber nach. Jetzt plötzlich hörte sie deren Worte wieder. Wo liegt der Grund? Psychologische Probleme hatten sie nie interessiert. „Du hast nur Angst davor", sagte Renate. „Angst, weshalb sollte ich Angst haben?"
„Vergiss es!"

Renée ging ruhelos durch ihre kleine Wohnung. War sie wirklich ein bisschen abnormal?
Diesmal hörte sie ihre Schwester sagen: „Du bist nicht abnormal, aber du bildest dir etwas auf dich ein. Du glaubst, Menschen müssten dich gern haben, ohne dass du etwas dafür tust. Du bist schnippisch, wenn du mit einer andren Meinung nicht einverstanden bist. Du glaubst, du müsstest überhaupt nichts tun, um den Menschen zu gefallen. Gefällst du dir, wenn du in den Spiegel

schaust? Nicht? Dann tu' etwas dagegen! Wer sich selbst nicht mag, mag auch die andern nicht."

Chris ging nach dem Abendessen in die Bar „Chez Robert". Nicht weil er besonders Lust hatte zu trinken, doch dort traf er meistens Bekannte, auch mal Kollegen, alles interessante Leute. Er stellte sich vor, wie es wäre, wenn er morgen Renée als Begleiterin mitnähme.
Irgendwie konnte er sie sich in diesem Bekanntenkreis nicht vorstellen, aber es wäre ja ein Versuch wert.
Diesmal kannte er niemand. Er setzte sich an einen kleinen Tisch neben dem Piano. Der Musiker, der heute und noch den ganzen Monat da war, würde um acht zu spielen beginnen.
Er hatte sich so hingesetzt, dass er den Eingang im Auge behielt. Er bestellte ein Glas Rotwein. Nach etwa zehn Minuten kam Renate in die Bar. Chris winkte ihr. „Allein?"

Sie lächelte: „Ja, allein."

„Und warum?"

Sie zuckte die Schultern: „Wie das Leben so spielt. Er fand eine Bessere – hat *er* gesagt."

Chris wusste, dass Renate Rotwein mochte und bestellte deshalb eine halbe Flasche.

„Probier es doch mal mit einer Frau", sagte Chris.

„Spinnst du?" -
„Warum denn nicht?"
„Kein Thema für mich, basta!"

Chris beobachtete Renate, während sie ihm fast nur mit Stichwörtern ihr Leben erzählte. Er staunte, was sie von fünfzehn bis achtundzwanzig alles vorzuweisen hatte. Nach dem Rauswurf von der Schule war sie in Südamerika, Nordamerika, Kanada, Australien, überall hatte sie kurze Bekanntschaften und Liebschaften, überall besuchte sie Kurse und eignete sich damit ein beachtliches Wissen an. "Vor allem", sagte sie, „interessieren mich die Menschen, was sie denken, was sie fühlen, weshalb sie froh oder traurig sind."
„Und", fragte Chris , „hast du keine Mühe, an die Menschen heranzukommen?"
„Selten und wenn..."
„Wenn?"
„Ich habe meine Erfahrungen gemacht. Die Zurückhaltenden, Verschlossenen oder Scheuen werden ganz zugänglich, wenn sie ein wenig betrunken sind. Ich bin immer wieder erstaunt, wie stark Menschen zu ganz anderen Menschen werden – positiv oder negativ – wenn sie eine gewisse Menge Alkohol getrunken haben."
Renate schwieg. Chris dachte nach.

„Glaubst du, dass der Mensch eine Seele hat?" fragte er aus dem Schweigen heraus.
„Eine Seele? Ich weiss nicht. Darüber streiten sich die Menschen seit sie denken können.
Männer, die dem Mann eine Seele zuschrieben, stritten sich aber darüber, ob die FRAU wohl auch beseelt oder sie dem Tier gleichzustellen sei.
Wo ist sie, diese Seele, und wo ist der Geist oder ist beides dasselbe?"

Chris lächelte: „Hast du noch nie daran gedacht, dass Gefühlsabläufe, wie Freude, sogenannt seelischer Schmerz, Liebe, Hass, Trauer, Depression, Euphorie einfach nur chemische Prozesse in unserem Körper sind, vor allem im Gehirn?"
„Auch der Charakter eines Menschen?"
„Das würde meine Beobachtung stützen, dass sich ein Mensch nach Alkoholgenuss verändert."
Sie nickte: „Auch nach Unfällen. Ein Mensch, der vor einem Unfall ein sogenannt friedlicher Typ war, kann nach einer bestimmten Hirnverletzung zwar wieder arbeiten, er hat sich jedoch zu einem äusserst aggressiven und streitsüchtigen Menschen gewandelt."
„Also sind wir nichts anderes als eine chemisch funktionierende Maschine?"

Sie lächelte: „Auch wenn wir das glauben, ändert sich nichts an unseren Gefühlen wie Liebe, sexuellem Verlangen und was sonst noch wichtig ist im Leben."
Chris bezahlte den Wein und verliess mit Renate zusammen die Bar. Er dachte an Renée, überlegte, ob sie ihre zurückhaltende Art wohl ablegen würde, wenn sie mehr oder weniger betrunken wäre.
Er begleitete Renate bis zu ihrem Appartement, wünschte ihr eine gute Nacht und ging gedankenverloren über die Limmatbrücke zu seiner Wohnung zurück. Mitten auf der Brücke blieb er stehen, schaute ins ruhig dahinfliessende Wasser, von Zeit zu Zeit glitten weisse Papierfetzen vorbei, auch eine Mütze konnte er sehen. Er dachte an

Renate und schüttelte den Kopf: Warum gerade diese Frau, die Renée hiess und so verschlossen war? Ja – er suchte nach einem passenden Wort – so altmodisch zu sein schien. Eigentlich wusste er es bald, je länger er darüber nachdachte. Sie war eine Frau, die ihn reizte, ihren Panzer zu knacken. Er hatte schon Frauen gesehen, die aufgeblüht waren wie Blumen, wenn sie dem „richtigen" Mann begegneten.

Morgen war es Samstag. Er würde Renée erst am Montag wieder sehen.

Renée hatte mit ihrer Mutter am Sonntag eine Schifffahrt geplant. Heimlich hoffte sie, das Wetter würde neblig und stürmisch sein, doch es war ein Herbsttag wie im Bilderbuch.
Ihre Mutter schwenkte von weitem die Hände über dem Kopf, als sie Renée sah. Etwas wie Abneigung stieg in ihr auf. Warum immer dieses Getue? Ihre Mutter glaubte fest daran, Renée brauche sie, weil ihr Leben sonst leer und öde wäre. Die Tochter war ihr Besitz, sie hatte sich immer wie ein drohender Schutzengel vor sie hingestellt, vor jeden Mann und auch vor jede Frau, die ihrem Eigentum zu nahe kamen.
Wie eine Dusche berieselte ihr Wortschwall Renée. Sie erzählte jede Einzelheit der vergangenen Woche, was sie gekocht, wen sie besucht hatte, was gesprochen worden war.
Noch nie zuvor war ihr das Geschwätz ihrer Mutter so sehr auf die Nerven gegangen wie an diesem Herbsttag.

Das Schiff fuhr zum Glück gerade an den Steg. Renées Mutter drängte sich nach vorn wie immer, damit sie den besten Platz ergattern konnte. Kaum hatte sie sich gesetzt, rauschte der Bach ihrer Worte weiter. Renée hatte bis dahin kein Wort gesagt. Das Schiff fuhr langsam an, pflügte sich dann durch die kleinen Wellen dem andern Ufer zu. Ihre Mutter hielt plötzlich inne. „Was ist los mit dir? Du sagst ja gar nichts."
Renée lächelte gequält: „Was soll ich schon sagen?" Sie hatte an Chris gedacht und an Renate. „Die Woche war wie immer. Immer dieselben Leute, die gleiche Arbeit, was soll's?"
„Geht es dir auch wirklich gut? Du bist so abwesend."
„Ach was, ich bin nur müde. Am Freitag ging ich nicht zur Arbeit, ich hatte Schmerzen", und bevor ihre Mutter etwas erwidern konnte, „und mach bitte nicht ein so besorgtes Gesicht."
Ihre Mutter schnappte nach Luft. Renée fühlte sich so, als ob sie einen kleinen Sieg errungen hätte. Beide schwiegen.
Renée schaute sich um, studierte die Gesichter der Fahrgäste. Renate hatte sie einmal darauf aufmerksam gemacht, dass es höchst interessant sei, aus den Gesichtern zu lesen, sich vorzustellen, welche Geschichte dahinter stehe, ob die Menschen glücklich seien oder unglücklich, am besten könne man Männer, Frauen, Kinder beurteilen, wenn sie mit andern sprächen. Sie wollte das auch versuchen. Sie war so in ihre Gedanken vertieft, dass sie gar nicht merkte, dass das Schiff schon am Ziel war, einem kleinen Dorf am andern Ufer.

„Komm, komm, komm", sagte ihre Mutter ungeduldig.

„Ich warte bis zum Schluss", sagte Renée, „ich habe Zeit." Ihre Mutter presste die Lippen zusammen, sagte nichts. Renée sah sie aufmerksam an. Welches Gesicht ihrer Mutter war das wahre? Warum hatte sie ihren Kindern nie aus ihrem Leben erzählt? Sie war Fragen immer ausgewichen.

Das Dorf war sehenswert. Alle Fenster der Häuser quollen über von Blumen. Jeder Brunnen, jeder Baumstamm, der vor den Bauernhäusern lag, war geschmückt.

Renée sah ihre Mutter schweigend von der Seite an. Keine Regung war in ihren Gesichtszügen zu sehen. Sie stand nicht im Mittelpunkt. Sie hasste alle Menschen und auch Dinge, die sie an die zweite Stellen rückten. War so ein ausgeprägter Egoismus nicht eine Art Geisteskrankheit? Renées Schwester hatte das wohl schon früh gemerkt, ging nach der Schule von zuhause weg. Vater bezahlte das Internat, wo sie sich zur Primarlehrerin ausbilden liess. Doch Renée hörte auf ihre Mutter, die sagte, sie würde sich umbringen, wenn auch sie sie verliesse. Nach der Sekretärinnenausbildung blieb sie zu Hause, bis ihr Vater ihr sagte, er möchte, dass sie ihre eigene Wohnung beziehe. „Hör doch einmal nicht auf deine Mutter, verdammt nochmal. Willst du eine alte Jungfer werden?" Am Abend jenen Tages sagte sie Mutter im Beisein des Vaters, dass sie umziehe nach Zürich, wo sie arbeite. Bevor Mutter ein Wort sagen konnte, schrie ihr Mann sie an: „Schweig!

Sag kein Wort!" Das war das erste und das letzte Mal, dass Renée ihren Vater hatte schreien hören. Am Sonntag trennte sie sich nach der Schifffahrt von ihrer Mutter mit gemischten Gefühlen. Sie dachte an Chris, und sie wusste, dass dieser Chris von ihrer Mutter nie akzeptiert werden würde.

Am Montag überlegte sie kurz vor Feierabend, ob sie einen späteren Bus nehmen sollte.
Einerseits wollte sie Chris wieder sehen und andererseits wusste sie beim besten Willen nicht, wie sie sich ihm gegenüber verhalten sollte.
Er stand hinter ihr, als sie bei der Haltestelle auf die Uhr sah. „Schon wieder Verspätung", sagte er lachend. Erfreut drehte sie sich um: „Schon wieder Verspätung, ja."
„Ich habe sie am Freitag vermisst", sagte er.
„Ich war krank", sie überlegte einen Moment, „nein ich war nicht eigentlich krank, ich wollte ganz einfach nicht ins Büro gehen", sie legte ihren Zeigefinger auf die Lippen, „unser Geheimnis!"
Es belustigte Chris, wie sie sich verhielt. Wie ein Schulmädchen. Aber es gefiel ihm.
Ganz selbstverständlich gingen sie beide zum Restaurant, wo sie am Donnerstag zusammen gegessen hatten. Sie blieben dort bis neun Uhr, sprachen von alltäglichen Dingen, seiner Ausbildung, ihrer Ausbildung, über Mitarbeiter und Vorgesetzte. Chris sagte beim Verlassen des Lokals, er möchte sie gerne zu einem Drink in die Bar „Chez Robert" einladen. Sie zögerte, dachte aber dann an ihre leere Wohnung und ging mit.
Das Lokal war fast voll. Kaum hatten Renée und Chris sich gesetzt, kamen ein paar Leute, die Chris

kannten, und wie selbstverständlich setzten sie sich zu ihnen. Chris machte sie alle mit Renée bekannt.

Sie wäre viel lieber mit ihm allein zusammen gesessen.

Natürlich bildete sie sich ein, die viel jüngeren Frauen schickten hämische oder belustigte Blicke zu ihr hin. Weil sie sich unwohl fühlte in ihrer Rolle, merkte sie gar nicht, dass sie das Glas Weisswein, das vor ihr stand, schon zweimal leergetrunken hatte und schon wieder nachgefüllt worden war. Chris hatte sie heimlich beobachtet. Sie hatte bisher kein Wort gesagt. Die jungen Leute, die bei ihnen sassen, diskutierten Dinge, die sie nicht interessierten. Was hatte sie schon zu Parteipolitik und die nächsten Nationalratswahlen zu sagen? Nichts, absolut nichts.

Um zehn kam Renate. „Auch das noch", stöhnte Renée innerlich.

„Duu"? sagte Renate zu ihr, „das ist ja toll, komm trink aus und stosse mit mir an."

Renée hob ihr Glas, Renate schubste Chris ein wenig beiseite und setzte sich zwischen sie. Sie wandte sich Renée zu: „Das freut mich, das freut mich ausserordentlich, dass du deinen Dachsbau verlassen hast. Ich hoffe, dich von nun an öfter hier zu sehen."

„Hier? Ich passe doch überhaupt nicht in diese Gesellschaft."

„Dann musst du dafür sorgen, dass du hineinpasst. Sieh dich um, am Alter liegt es nicht. Was ist es?"

Renée biss sich auf die Lippen: „Die Gespräche, mir fehlt einiges an Bildung und Interesse."
„Es liegt allein an dir, dies zu ändern. Es gibt Kurse in Hülle und Fülle, es gibt tausende von Büchern, du bist nicht einmal vierzig."
Renée stellte erstaunt fest, dass Renate ihr überhaupt nicht auf die Nerven ging. Belustigt sah sie ihr in die Augen: „Sag jetz nicht Mädchen zu mir!"
„So gefällst du mir, auf deine Zukunft!"
Hatte ihre Zukunft damit begonnen, dass sie Chris begegnet war?

Am kommenden Morgen war sie wieder die alte, pflichtbewusste, etwas altjüngferliche Sekretärin. Am Mittag war sie versucht, ihre Mutter anzurufen, doch sie tat es nicht, soll sie doch grollen. Sie erfuhr erst später, dass ihr Vater seiner Frau verboten hatte, sie als erste anzurufen.
Am Abend bat Chris sie, mit ihm ins Kino zu gehen. Es wurde ein Film mit Dustin Hoffmann gezeigt, der einen autistischen Mann spielte, „Rain Man".
Sie gingen zu Fuss nach Hause. Ein Stück weit gingen sie schweigend nebeneinander her, jeder dachte an die Geschichte, die im Film gezeigt worden war.
„Wie denkst du darüber"? fragte Chris nach einer Weile.
„Es ist erschütternd, zu sehen, wie scheinbare Erfolge bei einem psychisch kranken Menschen, mit einem Wort von ihm wieder zunichte gemacht werden können."
Chris nahm Renées Arm. „Meine Kindheit war überschattet durch die Depressionen meiner Mut-

ter. Es war ein Wechselbad zwischen guten und schlechten Zeiten. Ich spreche nur selten darüber, weil Menschen, die keine Erfahrung mit diesem Leiden haben, nur schwer verstehen können, wie das ist. Das soll kein Vorwurf sein, theoretisch ist es wirklich nicht zu begreifen."

Sie gingen bis zu Renées Wohnung. Das war ein Spaziergang von etwa einer halben Stunde. Beide waren fast die ganze Zeit ihren eigenen Gedanken nachgehangen, bis. Chris sagte: „Entschuldige, wenn ich dich mit etwas belastet habe."
Renée schüttelte den Kopf: „Du musst dich nicht entschuldigen, ich sollte dir dankbar sein, dass du mich endlich aufrüttelst, mich nicht immer bloss um mich zu kümmern."
Chris legte seinen Arm um ihre Schulter, streifte mit den Lippen ihre Schläfe. Sie hatte grosse Lust, vor ihn hinzutreten, ihm die Arme um den Hals zu legen, ihn zu küssen.
Doch sie hatte unsägliche Angst, zurückgewiesen zu werden. Sie bat ihn auch nicht, für einen Sprung zu ihr in die Wohnung zu kommen. Vor ihrer Haustüre küsste er sie auf die Stirn beim Abschied.

Sie schlief schlecht in jener Nacht. Sie hatte keine Zweifel mehr: sie hatte sich in Chris verliebt, und sie konnte am Morgen nicht mehr unterscheiden, was sie wirklich geträumt und was Wunschtraum gewesen war.

Chris war enttäuscht als Renée am andern Tag nicht bei der Bushaltestelle wartete. Er konnte ja nicht wissen, dass sie sich seinetwegen mit Renate verabredet hatte. Die beiden Frauen gingen nach Büroschluss in ein kleines Café am Stadtrand. Renate war erstaunt gewesen, als Renée sie dazu eingeladen hatte. Sie setzten sich in die hintersten Ecke an einen Zweiertisch, bestellten eine halbe Flasche Wein. Als sie sich zugeprostet hatten, sah Renate Renée nur fragend an. Verlegen senkte diese den Blick. „Ich möchte mir dir reden – über mich."

„Ich höre", lächelte Renate.

„Um geradewegs zur Sache zu kommen, ich weiss, dass mit mir etwas nicht stimmt. Seit ich dich kenne und seit ich Chris kenne, merke ich je länger je mehr, dass ich hoffnungslos ungebildet, desinteressiert und erzkonservativ bin."

„Und zu dieser Einsicht bist du nun ganz plötzlich gekommen?"

„Ich habe nächtelang fast nicht geschlafen, und es ist erstaunlich, wie ich während diesen Stunden der Stille gemerkt habe, wie sehr ich mich von meiner Mutter habe beeinflussen lassen. Sie hat mich mein Leben lang kontrolliert, gelenkt, gesagt, mit wem ich mich anfreunden soll, mit wem nicht. Ich war ihre Marionette. Ich war ihr Ersatz für ihren Ehemann, der alles andere als angepasst an die die Normen der Gesellschaft gelebt hat."

Renate schüttelte den Kopf: „Das ist ja Wahnsinn."

„Ja, Wahnsinn. Jetzt habe ich mich in Chris verliebt und kann mir ganz einfach nicht vorstellen, dass er mich wieder lieben könnte. Was soll ich tun?"

„Arbeite an dir", sagte Renate.
„Und, wie fange ich damit an?"
„Du lebst in einer Welt, die tausend Möglichkeiten bietet. Wie gesagt, es gibt Fernkurse, es gibt Bücher, Weiterbildungskurse an Schulen für Erwachsene, Gesprächsrunden und und und."

„Gesprächsrunden! Wenn ich doch nichts zu sagen habe."
„Du wirst es lernen – durch zuhören. Du hast dich entschlossen, ein neues Leben anzufangen? Gut! Wach auf!" Renate winkte dem Kellner, „bezahlen bitte!"

Am nächsten Tag verliess Renée den Bus nicht beim Hauptbahnhof. Chris hatte sie am Morgen gefragt, ob sie mit ihm zum Abendessen komme. Sie hatte nein gesagt. „Nun kommst du doch?" rief er ganz erfreut als sie nicht ausstieg..

„Tut mir leid, aber ich muss zur Bibliothek."
„Darf ich mitkommen?" fragte Chris.
Sie zögerte, sagte aber, wenn er Lust dazu hätte...
„Was willst du dir holen?" fragte Chris.
„Ein schlaues Buch", sie lachte laut.
„Du hast ein schönes Lachen, schade, dass es so selten zu hören ist", Chris hackte sich bei ihr ein.
„Wie ein Paar", dachte Renée.

In der Bibliothek sassen ein paar Leute, Stapel von Büchern vor sich auf dem Tisch.
Renée ging langsam, von Chris gefolgt, den Buchgestellen entlang. „Psychologie" las sie und blieb

stehen. Sie schaute sich die Titel an, wusste aber nicht, was sie auswählen sollte.
„Einführung in die Psychologie". Sie nahm das Buch aus dem Regal, blätterte darin.
Chris sah ihr über die Schulter. „Ein guter Anfang", sagte er.

„Ich möchte das mitnehmen", sagte sie am Schalter, und liess sich einschreiben.
„Gehen wir in die Bar ‚Chez Robert'?" Chris legte ihr den Arm um die Schulter.
Sie lächelte: „Ja, gern".
Sie fanden keinen leeren Tisch, und an der Theke mussten sie ganz eng beieinander stehen, damit sie Platz hatten. Chris bestellte zwei Gläser Rotwein.
„Zuhören musst du", hatte ihr Renate gesagt. Fasziniert lauschte Renée der Diskussion zweier Männer, die neben ihr standen. Sie sprachen über einen Schriftsteller, dessen Verhältnis zu und seine Ansicht über Frauen. „Die Emanzipation ist ein Auslaufmodell", sagte der jüngere, „ich kann mir keine junge Frau von heute mehr vorstellen, die für einen Mann nur Dienerin sein will, für das Haus, für die Kinder, fürs Bett."
„Was soll sie denn sein?" fragte der ältere, es gibt zuwenig Arbeitgeber, die am Morgen einen Mann und am Nachmittag eine Frau oder umgekehrt einstellen, damit sich ein Paar im Haus und im Geldverdienen je zur Hälfte beteiligen kann."
„Ja, zugegeben, das ist fast nicht zu bewerkstelligen, doch viele Frauen klagen immer noch, dass ihre Männer sich am Abend in einen Sessel werfen

oder sich nach dem Abendessen wieder verabschieden, um sich in einem Verein oder nebenamtlich in Behörden zu betätigen. Das Schlimmste dabei ist, dass dies den meisten auch besser gefällt, als Kinder zu beaufsichtigen oder sich mit ihnen beschäftigen."
"Und? Wie machst du es?"
Der jüngere lachte: „Stell dir vor, heute Abend hat mich meine Frau weggeschickt, weil sie das Gefühl hatte, ich wäre allzu selbstlos geworden"
„Da habe ich's gut", sagte sein Kollege, „seit ich geschieden bin, muss ich auf niemand Rücksicht nehmen."
Der andere zuckte die Schultern: „Dafür kennst du die Einsamkeit."
Sie schwiegen für eine Weile. Der Ältere bestellte nochmal zwei Bier, und dann steckten beide ihren Kopf in die mitgebrachten Zeitungen.
Renée wandte ihren Kopf Chris zu, lächelte ihm verschmitzt an: „Interessant solche Männergespräche."
Er lächelte zurück: „Tausend Menschen, tausend Meinungen. Viele sind ganz ähnlich, viele weichen mehr oder weniger voneinander ab. Meinungsaustausch ist immer gut – wenn der eine den andern respektiert. Ich auf alle Fälle kann meistens davon lernen. Sturheit verabscheue ich und vor allem unwahre Behauptungen. Sagte doch kürzlich eine Politikerin, aufgegriffene Drogensüchtige oder junge Menschen, die vor dem Richter ständen, hätten in ihrer Kindheit zuwenig Nestwärme gehabt, weil ihre Mütter arbeiteten. Wie wenn alle „Nur-Hausfrauen" ihren Kindern in jedem Fall Geborgenheit geben würden. Ich kann nicht verstehen,

dass jemand, der in der Politik mitarbeitet, so wenig begreift. Denk Dir, alle Menschen, welche die Nestwärme vermisst haben, würden drogensüchtig oder kriminell. Die Plätze in unseren Gefängnissen müssten mindestens verdoppelt werden."

Wieder lächelte Renée: „Ich werde darüber nachdenken. Komm, gehen wir!"

Die beiden gingen langsam dem Fluss entlang.
Keines der beiden sprach ein Wort, bis sie vor Renées Wohnung standen.
Sie öffnete leise die Türe und ganz selbstverständlich folgte Chris ihr in die Küche.

„Kaffee?" fragte sie.
„Das nimmt mir den Schlaf", er gähnte.
Renée lachte: „Um so besser!"
Während sie die Kaffeemaschine betätigte, blätterte Chris in dem von ihr mitgebrachten Buch aus der Bibliothek. Freud, Jung, Adler. Verhaltenspsychologie und und und. Er hatte das alles gelesen, vieles geglaubt, vieles wieder verworfen. Er war neugierig, wie Renée damit zurechtkommen würde.
Sie stelle die beiden Tassen mit Zucker und Milch auf den kleinen Salontisch im Wohnzimmer.
„Komm", sagte sie, „setz dich zu mir. Ach nein, zuerst möchte ich eine CD auflegen, was wünschst du dir?"
„Hast du Elton John? Warte, ich sehe deine Sammlung mal durch. Kein Elton John, aber Milva. Ist auch nicht schlecht. Willst du?"

Renée nickte. Sie spürte in sich eine leichte Nervosität. Was würde sie tun, wenn er sie küsste, sie streichelte und dann mit ihr schlafen möchte? Tief in ihr drin saß Angst.
War sie wirklich frigide, wie ihr letzter Freund gesagt hatte? Und was war überhaupt „frigide"?
Chris setzte sich neben sie, legte seinen Ellbogen auf ihre Schulter, wobei er mit der Hand ihre Wange streichelte. Das gab ihr ein starkes Gefühl von Vertrautheit, von Wohlbehagen, so dass sie am liebsten geweint hätte. „Wie könnte einer wie er mich lieben", fragte sie sich.

Als die CD verklungen war, stand er auf, hob ihr Kinn, küsste sie sanft auf die Stirn.
„Sehen wir uns wieder?" fragte er.
Sie öffnete ihm die Wohnungstüre. „Ganz bestimmt an der Bushaltestelle, adieu."
Verunsichert ging sie ins Bad, um sich für die Nacht zurechtzumachen. War Chris am Ende auch nicht normal wie sie? Aber was hiess schon „normal". Gestern hatte sie in einer Umfrage von einem bedeutenden Kunstsammler gelesen, er sei der Meinung, wer nicht spinne, sei nicht normal. Meinte er etwa mit spinnen menschlich? Könnte doch sein. Renate hatte ihr schon vor ein paar Wochen gesagt, dass diejenigen, die ein bisschen ausserhalb der sogenannte Normalität lebten, die liebenswürdigsten, menschenfreundlichsten Typen wären. Diejenigen, die sich selbst für absolut normal betrachteten, wären oft kaltherzig und inhuman.
Renée sank mit all diesen Gedanken im Kopf auf ihr Bett und wurde sich mit einem Schlag bewusst, dass sie anfing zu leben, weil sie anfing

nachzudenken. Obwohl sie von Chris ein bisschen enttäuscht war, fühlte sie eine grosse Freude in sich.

Sogar Renate spürte am nächsten Tag, dass irgend etwas Renée verwandelt hatte. Ihr „Guten Morgen" klang so ganz anders, fast heiter.
„Was ist los mit dir?" fragte sie neugierig. „Hast du das grosse Los gezogen?"
„Das wird sich weisen", sagte Renée.

„Während der nächsten zwei Wochen", sagte sie in ironischem Ton zu Chris, „werde ich mich abkapseln, um die Psychologie zu studieren, wenigstens um etwas davon zu begreifen."

Je mehr sie davon begriff, desto mehr lechzte sie nach mehr Wissen. Nach zwei Wochen ging sie nun jeden Abend in die Bibliothek, suchte nach Büchern, die sie weiter brachten. Sie las halbe Nächte durch, ohne sich am andern Tag erschöpft zu fühlen. Und je mehr sie wusste, desto mehr verwandelte sie sich – auch äusserlich. Zuerst kaufte sie sich eine andere Brille. Renate und Chris sagten beide: „Zehn Jahre jünger siehst du aus." Als Chris es sagte, meinte sie schelmisch, dann stünde ja einer Freundschaft zwischen ihnen nichts mehr im Wege. Aber sie war schon weg, als er etwas dazu sagen wollte.
Er suchte sie in der Bibliothek, aber sie war nicht dort. Er suchte sie in ihrer Wohnung. Sie war nicht dort. Er suchte sie in der Bar „Chez Robert", aber auch dort war keine Renée.

Doch Renate sass an der Theke, einen Gin vor sich. Weil Chris sich im ganzen Lokal umgesehen hatte, bevor er sich zu ihr setzte, fragte sie ihn, ob er jemand suche. „Ja, Renée", sagte er.
„Die hat sich für vier Wochen verabschiedet". Renate verlangte von der Bardame einen zweiten Gin. „Sie besucht ein Einführungsseminar für Geisteswissenschaften."
Chris kratzte sich in den Haaren, sagte aber nichts. Doch als Renate nach kurzer Zeit einen dritten Gin bestellte, fragte er:
„Was ist los mit dir? Willst du dich besaufen?"
Renate biss sich auf die Lippen, sagte nichts. Er bezahlte Renates und sein Getränk. „Komm", sagte er und nahm ihren Arm.
„Ich werde verrückt", sagte Renate, kaum hatten sie die Bar verlassen.
„Jetzt erzähl mal schön der Reihe nach. Am besten gehen wir zu mir nach Hause."
Chris rief ein blaues Stadt-Taxi, setzte sich mit Renate auf den Rücksitz und sagte dem Fahrer, wohin er sie bringen sollte. Sie sprachen kein Wort bis sie in seiner Wohnstrasse waren.
In seiner Küche machte Chris zuerst einen Krug Kaffee. Renate setzte sich aufs Sofa.
„Weshalb in aller Welt glaubst du, dass du verrückt wirst?" Chris nahm ihre Hand.
„Ich habe keine Gefühle mehr. Ich kann mich an nichts mehr freuen, alle Leute sind mir gleichgültig. Arbeiten gehen kann ich nur noch mit äusserster Willenskraft, obwohl ich mir jeden Morgen vorkomme wie eine Puppe, die bis zum Abend funktioniert, weil jemand sie aufgezogen hat. In meinem Kopf ist ein Vakuum, und ich habe ganz

stark das Gefühl, dass meinem ganzen Körper etwas fehlt. Mit Alkohol kann ich diese Leere etwas ausfüllen."

Chris senkte den Kopf. „Du hast eine ziemlich schwere Depression", sagte er leise, „ich kenne das. Nicht aus eigener Erfahrung, meine Mutter hatte solche Zustände. Es sind schlimme Zeiten." (Dass seine Mutter keinen andern Ausweg mehr sah, als sich das Leben zu nehmen, wagte er aus Angst, Renate könnte an so etwas denken, nicht zu sagen).
„Du musst unbedingt zum Arzt gehen, du brauchst Medikamente. Vielleicht ist es nur eine Stoffwechselstörung."
„Zu einem Psychiater gehe ich auf keinen Fall", sagte Renate.
„Hast du Angst?"
„Ja, ich habe Angst. Manchmal habe ich das Gefühl, die Ahnung, irgendwas Schlimmes sei mir in der Kindheit zugestossen."
„Und warum willst du es nicht wissen?"
„Schlafende Löwen soll niemand wecken. Ich komme eigentlich ganz gut zurecht im Leben. Diese Depression, wie du sagst, werde ich auch meistern. Ich kenne genug Leute, die von einer Abhängigkeit in die andere gefallen sind. Zuerst waren sie von einem Mann oder einer Frau abhängig und nachher vom Psychiater. Oder zuerst von irgend einer Religion oder einem Guru und dann vom Psychiater."
„Ja, zugegeben, einen wirklich guten zu finden, ist manchmal sehr schwierig. Noch Kaffee?"

Renate stand auf. „Nein danke, ich werde jetzt nach Hause gehen und morgen, ich verspreche es dir, werde ich meinen Arzt anrufen."

Chris begleitete Renate zur Haustüre. „Willst du nicht ein Taxi rufen?"
„Vielen Dank, Chris, du hast mir sehr geholfen. Ich denke, ein Lauf durch die Stadt wird mir gut tun."

Renèe kam nach ihren Seminarferien verwandelt zurück. Wie es in ihrem Innern aussah, konnte niemand sehen, ihre äusserliche Verwandlung schon. Sie hatte sich eine neue Frisur zugelegt, sie hatte eine erstklassige Kosmetikerin gefunden, sie war zu einer äusserst attraktiven Frau geworden. Renate begegnete ihr am ersten Arbeitstag beim Geschäftseingang, doch sie reagierte nicht so, wie Renée es erwartet hatte. Sie schaute sie nur an, sagte „oh" und ging weiter.
„Nur oh", dachte Renée, „kein ‚Mädchen-du-siehst-ja-toll-aus. Was ist los mit ihr?"

Euphorie zeigte Chris am Abend bei der Bushaltestelle. Er konnte es kaum fassen, wie sehr sich ein Mensch verändern konnte.
„Aber es ist nicht nur dein Äusseres", sagte er, „du strahlst von innen heraus."

„Ich habe dir viel zu erzählen", sagte Renée, „bitte komm mit mir nach Hause, wir backen uns eine ganz gewöhnliche tiefgefrorene Pizza. Eine Flasche Rotwein habe ich mitgebracht." „Na, klar!" Chris freute sich riesig.

Renée schob die Pizza in den Ofen, stellte Teller und Gläser auf den Küchentisch, goss Wein ein und fragte dann zuerst, was mit Renate los sei.

„Sie hat eine ausgewachsene Depression", Chris strich sich übers Haar.

Renée hob die Hand, wollte etwas sagen, aber Chris fiel ihr ins Wort: „Das ist schwer zu verstehen, wenn jemand noch nie damit zu tun gehabt hat. Ich habe Erfahrung in meiner Familie gesammelt, aber in Wirklichkeit kann nur jemand einen Depressiven verstehen, wenn er schon selbst durch dieses dunkle Tal gegangen ist.

Aber lass uns heute Abend nicht daran denken. Ich bin richtig gespannt auf das, was du erlebt hast."

Renée stellte das Essen zwischen beide Teller, schnitt Stücke aus der Pizza und fragte Chris, ob er Messer und Gabel möchte. „Nein", sagte er, „am besten sind sie, wenn sie von Hand gegessen werden. Lassen wir sie etwas abkühlen", er stand auf, „und einen Tango tanzen."

Renée lachte: „Du bist ja richtig romantisch."

Sie erzählte von ihren Erfahrungen im Seminar. „Weisst du, wir haben nach der Einführung in Literatur, Philosophie und Psychologie nur noch diskutiert. Es waren viele dabei, die sich schon seit Jahren damit beschäftigt haben, die viel weitergeben konnten. Das schönste war natürlich, über eigene Erfahrungen zu hören, unglaublich, wie offen diese Leute über ihre Erlebnisse im Alltag sprechen konnten. Ich wirkte natürlich eher zurückhaltend. Ich hatte ja bisher gar nicht richtig gelebt. Eine der Frauen hat das gemerkt. Sie, munterte mich auf, mich mit ihr auszusprechen und zwar in der Bibliothek, die es dort gab, und wo sich jeder die ganze Nacht aufhalten konnte. Ich will und werde alles noch besser lernen."

Chris war fasziniert von Renée, nicht nur, weil sie so begierig war, mehr über das „wahre Leben", wie sie sich ausdrückte, zu lernen, sondern auch von ihrer äusseren Verwandlung: Sie war wunderschön. Hatte sie ihn vorher schon erotisch angezogen, tat sie es nun mit aller Macht
Als sie den Tisch abgeräumt hatte, legte er nochmals eine CD in den Player, diesmal einen Englischwalzer. Er nahm sie in den Arm, sie liess sich, obwohl sie behauptete, nicht tanzen zu können ganz wunderbar durch das Wohnzimmer führen, schmiegte sich in seinen Arm, war ganz hingegeben.
Als er sie küsste, öffnete sie hingebungsvoll ihre Lippen, liess sich Brüste und Hüften streicheln, doch als er sie entkleiden wollte, schob sie seine Hand sanft zurück.
Er sah ihr in die Augen, glaubte Zuneigung darin zu lesen. „Warum?" fragte er.
„Ich habe Angst."
„Angst, wovor?"
„Ich bin frigide."
„Warum weisst du das?"
„Mein letzter Freund hat das festgestellt. Er..., er konnte nie in mich hinein. Ich bin total verkrampft."
„Und du hast es ihm geglaubt, einfach so?"
„Wie sollte ich anders..., es war so."
Chris liess sich aufs Sofa fallen: „Es war so und nun glaubst du, das sei so – ein Leben lang?"

Renée setzte sich neben ihn. Sie berührte seine Hand. „Es tut mir so leid."
Er drehte sich zu ihr, nahm ihren Kopf zwischen seine Hände und sagte:
„Glaubst du, ich gebe auf? Glaubst du, es sei niemandem möglich, dies zu ändern?
Bitte habe Geduld - mit mir und vor allem mit dir selbst."
Sie seufzte, stand dann auf und fragte ihn, ob er eine CD hören möchte.
„Hast du etwas Klassisches?"
„Nur Weihnachtslieder."
Sie nahm eine CD aus der Schublade und reichte sie ihm.
„Da, das Ave Verum von Mozart", rief er freudig, „leg es auf und drücke Nummer fünf, nein zuerst vier , ich muss dir etwas erklären."
Sie blieb vor ihm stehen. „Weißt du, sagte er, ich bin nicht religiös, aber dieses Musikstück wirkt auf mich so, als ob ich mit einem Körper, der nur noch Geist ist, in den Äther entschwebte. Du solltest das ausprobieren. Es gibt Klänge, die äusserst erotisch wirken und zwar können sie von mir und von dir ganz verschiedenartig empfunden werden und dennoch wecken sie die gleichen Gefühle."
Als das Ave Verum begann, zog Chris Renée auf seine Knie, umschloss ihren Körper mit beiden Armen und beide lauschten sie der Musik. Noch nie in ihrem Leben hatte Renée so etwas gefühlt, was jetzt in ihr vorging. Eine Einssein mit einem andern Menschen. Nicht mehr denken, nur noch fühlen.

Als die Töne verklungen waren, küssten sie sich. Chris' Zärtlichkeit war nicht drängend und nicht fordernd.
Sie hob sein Kinn, sah ihn fragend an.
„Wir werden das schon schaffen", sagte er lächelnd.

Sie gingen von nun an täglich irgend wohin. In seine Wohnung, in ihre Wohnung, ins Kino, zu „Chez Robert" oder sie bummelten ziellos durch die Stadt.
Renée hatte sich beim Frauenarzt einen Termin geben lassen, sagte aber Chris nichts davon. Wie gewohnt musste sie bis zur Konsultation vier Wochen warten.

Es war an einem Freitagabend, als Chris beim Stadtbummel eine Tanzschule entdeckte.
„Lernen Sie Walzer, Tango, Rock 'n' Roll und noch vieles mehr", stand in Leuchtschrift auf der Wand eines alten Ziegelsteingebäudes.
„Was meinst du?" fragte Chris.
„Rock ‚n' Roll in meinem Alter? Ich weiss nicht. Walzer, Fox, Marsch, das habe ich früher oft getanzt. Das würde ich schnell wieder richtig lernen, aber so verrücktes Zeug?"

Chris lachte. „Das ist doch nicht verrückt. Ganz ehrlich gesagt, bin ich bis heute auch nur mitgehopst, aber ich möchte eigentlich schon lange richtig tanzen können."
Renée nahm seine Hand. „Los, gehen wir uns anmelden!" Wie zwei Kinder rannten sie über die Treppe zum Eingang im ersten Stock.

Beim Frauenarzt musste Renée nicht lange warten, bis sie ins Sprechzimmer gerufen wurde.

Er fragte sie, was sie herführte, ein allgemeiner Kontrolluntersuch oder etwas Spezifisches.

Hätte er sie dies vor ein paar Monaten gefragt, hätte sie wohl den Satz „ich bin frigide" nicht so leicht über die Lippen gebracht.

„So, so frigide. Haben sie einen Freund?"

„Ja, einen Freund mit grosser Geduld. Wir lieben uns sehr."

„Das ist ein Hoffnungsschimmer", sagte Doktor Frick, „sie wissen, welches die Ursachen sein können?"

„Nicht alle", sagte Renée.

„Also. Sie kann seelisch bedingt sein, das heisst, es werden schlechte Erlebnisse verdrängt oder die Vorstellung über Sex ist falsch, unbewusste Abneigungsgefühle, die erziehungsbedingt sein können, werden wach. Andererseits kann Rücksichtslosigkeit und Hemmungslosigkeit des Mannes gegenüber der Partnerin der Grund sein. In diesem Fall gibt es nur eines: Trennung. Aber wie sie sagen, ist ihr Freund ja sehr feinfühlig."

Er sah Renée fragend an.

„Mein letzter Freund war so", sagte sie.

„Und wie lange ist das her?"

„Zehn Jahre."

„Und in der Zwischenzeit nichts?"

Sie schüttelte den Kopf.

Auch Frick schüttelte den Kopf: „Dass es das in der heutigen Zeit noch gibt. Auf jeden Fall werde ich sie auch auf eine körperliche Erkrankung hin untersuchen müssen. Bitte entkleiden sie sich."

Frick spürte sofort, wie sehr sich Renée verkrampfte, als er seinen Finger in die Vagina einführte.
„Ich gebe Ihnen ein Entspannungsmittel", sagte er und ging ins Zimmer nebenan.
Renée wollte dies im Grunde genommen nicht, aber dann dachte sie an Chris, und ihm zuliebe wollte sie alles tun, um endlich ein normales Liebesleben führen zu können.

Ihr Körper war völlig in Ordnung. Ob sie diese Entspannungstropfen auch vor einer Liebesstunde einnehmen könnte, fragte sie den Doktor.
„Sie können es versuchen", sagte er, „aber ich gebe Ihnen keine Garantie, dass sie wirken.
Oder sehen sie die Möglichkeit einer Psychotherapie?"
Renée schüttelte den Kopf: „Seit ich von andern Frauen gehört habe, dass es Psychologen und Psychiater gibt, die sich so sehr Mann fühlen, dass sie den Patientinnen sehr praktisch beistehen oder es zumindest versuchen, bringen mich keine sieben Pferde in eine solche Praxis."

Doktor und Patientin sahen sich wissend lächelnd in die Augen.

Am Abend nach dem Arztbesuch machte Renée Chris den Vorschlag, essen zu gehen, in ein gutes Restaurant.
Er war sofort einverstanden. Sie gingen beide vorher nach Hause sich umziehen. Chris wollte Renée um sieben Uhr mit seinem kleinen Renault abholen.

Ausserhalb der Stadt gab es ein kleines Gasthaus mit erstklassiger Küche. Der Wirt und Koch, den Chris vom Tennisclub kannte, begrüsste sie persönlich und führte sie zum reservierten Tisch. Unaufgefordert brachte er ihnen zwei Gläser Champagner. Noch nie hatte Renée mit soviel Freude in ihrem Tiefinnersten ein Glas Wein mit einem anderen Menschen getrunken.
Zu Vorspeise und Fisch tranken sie Weisswein. Weil Chris nur ein Glas davon trank, blieb etwas viel übrig für seine Freundin, obwohl sie einen Rest in der Flasche stehen liess.

Beim Einsteigen ins Auto trällerte sie: „... etwas das kitzelt und kribbelt im Blute..."
Als Chris seine Hand auf ihren Oberschenkel legte spürte sie ein erotisches Verlangen, wie sie es noch nie empfunden hatte, sie sagte aber nichts, summte weiter, mochte es kaum erwarten, bis Chris das Auto vor ihrer Wohnung parkierte. Hand in Hand gingen sie langsam die Treppen hoch.
Chris wollte noch einen Whisky trinken, Renée hingegen verzichtete darauf. Sie zog die Schuhe aus und ging ins Schlafzimmer. Sie hatte sich einen wunderschönen Hausdress gekauft und wollte Chris damit überraschen.
„Das ist umwerfend", sagte er als sie wider im Wohnzimmer erschien, stand auf, nahm sie in die Arme. Es schien als hätten sie beide Feuer gefangen. In wilder Leidenschaft küssten sie sich und allzu lange trug sie das lange Kleid nicht. Sie öffnete die Knöpfe und liess es achtlos zu Boden fallen. Chris trug sie ins Schlafzimmer, legte sie

behutsam ins Bett und warf seine Kleider auf einen Sessel. Als Renée sich aufrichtete, drückte er sie sanft zurück aufs Kissen. „Lass einfach ohne zu denken und ohne zu sprechen mit dir geschehen, was geschieht," flüsterte er. Zuerst strich er mit dem Finger über ihre schön geschwungenen Brauen und liebkoste dann ihr Gesicht, die Schultern, die Arme, jeden Quadratzentimeter ihres Körpers bis zu den Zehen und wieder zurück bis zu den Haarspitzen, wobei er nie beide Hände von ihrer Haut wegzog, eine Hand blieb immer auf ihrem Körper.

Mit jeder Wiederholung dieser Liebesmassage atmete Renée heftiger, warf ihren Kopf nach hinten, sützte sich auf die Ellbogen. Als ihr Geliebter die Innenseite ihrer Oberschenkel küsste, hatte sie das Gefühl, kurz vor einer Explosion zu sein. Ungestüm riss sie mit beiden Händen seinen Kopf zwischen ihre Beine. Chris hatte zwar schon oft den langanhaltenden Lustschrei einer Frau gehört, doch Renée übertraf alle."Komm zu mir", sagte sie, jedoch er zögerte. Wenn sie sich nun doch wieder verkrampfte? Ein Orgasmus war keine Garantie, dass die Frigidität nun weggeblasen sein musste. Er wollte den Zauber dieser Stunde nicht zerstören. „Lass dir Zeit", flüsterte er, „wir haben noch jede Menge Zeit." Seine Erregung nahm ab. Er legte sich neben Renée, sie küssten sich, sie küssten sich so lange bis beide einschliefen.

Im Psychologiekurs für Laien schlug Renée vor, das Thema Frigidität zu diskutieren. Sie erzählte ihr Erlebnis, als hätte eine Freundin es ihr erzählt.

Sie waren zu acht, fünf Frauen, drei Männer. Reto meinte, dieser Mann sei entweder ein Vollidiot oder werde impotent, wenn eine Frau allzu heftig auf Anmache („Anmache" nannte er die Zärtlichkeiten!) reagiere. Anita, sah ihren Vorredner verächtlich an: „Du kannst dir das nicht vorstellen, gell? Aber nicht alle sind gleich wie du oder all deine Machofreunde."

Die Kursleiterin mahnte, fair zu bleiben. Psychologisches Verhalten bestünde gerade darin, andere Meinungen zu respektieren, auch wenn sie in Frage gestellt würden, was ja absolut nicht heisse, sie müssten akzeptiert werden. Vielleicht, so hoffe sie, sei am Kursende jeder und jede soweit, seine eigene „Wahrheit", wenn auch nur im Stillen, zu überdenken.

Die Leiterin war ganz einfach grossartig. Alle Kursteilnehmer hatten bald wieder entspannte Gesichtszüge.

„Aber reden wir doch weiter über dieses Thema", sagte Jolanda. Die Kursleiterin nickte ihr aufmunternd zu.

„Ich", sagte Jolanda, „glaube, dass soviel Einfühlungsvermögen nur zwischen zwei Frauen möglich ist."

„Und unter zwei Männern?" Diese Frage warf Robert in den Raum. Renée stutzte.

War dieser Mann etwa der Besitzer der Bar „Chez Robert"?

Jolanda lachte: „Das müsstest eigentlich du mir sagen, das weiss ich wirklich nicht."

„Ich auch nicht", antwortete Robert.

„Andere Meinungen ohne Wertung zu respektieren, ist wohl sehr, sehr wichtig", sagte Renée.
„Und nicht voreilig zu urteilen", erwiderte Reto.
Anita blinzelte ihm zu. Er lächelte zurück.

Weil niemand mehr etwas sagen wollte, wies die Leiterin auf die allgemeine Psychologie hin.
„Diese befasst sich mit der Systematik seelischer Vorgänge und Zustände", sagte sie. „Erlebnisbegriffe sind Gefühl, etwa Mitleid, Liebe, Angst, Wahrnehmungen und Strebungen.
Verhaltensbegriffe sind Aggression, Benehmen und so weiter. Leistungsbegriffe sind Anpassung, Instinkt, Intelligenz und so weiter. Versuchen Sie in Zukunft, die Menschen nicht zu be- oder verurteilen, ohne ihn als Ganzes zu kennen. Wenn Sie zum Beispiel einem neuen Mitarbeiter begegnen, der sich ausgesprochen freundlich und entgegenkommend verhält, was denken Sie, welches die Ursachen seines Auftretens sein könnten?"
Robert meinte, der Mitarbeiter fühle sich vielleicht von berufeswegen dazu verpflichtet.
„Vielleicht bin ich ihm sympathisch oder er will andere Unsicherheiten verdecken."
Anita: „Oder er ist zu diesem Zeitpunkt gerade gut gelaunt."
„All das ist möglich", sagte die Leiterin, „aber nur nach dieser einen Begegnung darf nicht gefolgert werden, dass seine Freundlichkeit und sein Entgegenkommen eine wirkliche Charaktereigenschaft ist. Und deshalb, meine Damen und Herren, ist mehr Wissen ganz allgemein in allen Lebenslagen so wichtig, um menschlicher zu urteilen, um Vor-Urteile zu verhindern.

Renée hatte sich anschliessend an den Unterricht mit Chris bei „Chez Robert" verabredet.

An der Theke war kein Platz mehr. Chris hatte vorsorglich einen Tisch reserviert. Ein Renée unbekannter Mann sass bei ihm. Er stellte ihn Renée vor: „Das ist David, er spielt Klavier bei der Rockband „Hardliners."

Renée reichte David die Hand: „Freut mich, da können Chris und ich bei euren Proben ja ganz privat Rock ‚n' Roll tanzen."

„Aber sicher, jeden Freitag üben wir im Clubkeller."

Renée rief dem Kellner zu, er möge ihr doch ein Glas bringen. Sie wollte von dem guten Weisswein trinken, den die beiden Männer bestellt hatten.

Kurz nachher kam Robert, der Barbesitzer. Es war doch tatsächlich der Mann, der bei ihr im Psychologiekurs mitmachte.

Er setzte sich zu ihnen an den Tisch. „Ich habe heute meinen freien Tag", sagte er, „bin ich bei euch willkommen?"

David lachte: „Blöde Frage, komm erzähl uns, was du heute Schlaues gehört hast."

„Warum gehst du in diesen Kurs?" fragte Renée.

„Weil ich die Menschen besser verstehen möchte", und murmelnd: „Ich verstehe mich ja nicht einmal selbst."

Chris hustete: „Ich Ich bin ganz deiner Meinung". Durch mehr Wissen würden viele Missverständnisse aus der Welt geschafft, ich wäge zuerst ab, bevor ich mir ein Urteil bilde."

„Je mehr ich weiss, desto mehr weiss ich, dass ich nichts weiss", sagte David lächelnd.

„Wer zu dieser Einsicht gekommen ist, gibt aber nicht etwa auf, im Gegenteil er wird immer neugieriger, vertieft sich gierig in Bücher, die das Wissen über den Menschen, die Evolution erweitern. Das macht das Leben so ungemein spannend."

„Ich stehe erst am Anfang", seufzte Renée, „aber du hast recht, das Leben ist viel wertvoller, wenn man ganz bewusst jeden Tag und jede Nacht erlebt, und es ist natürlich viel spannender."

„Und auch viel aufregender", sagte Chris, „ich möchte fast sagen, dahinter steht der Wille zum Glück."

Zwei Musiker, die eine Pause eingelegt hatten, setzten sich an ihre Instrumente.

„Ein Tango, komm, wir tanzen!" Renée zog Chris auf die Tanzfläche. „Können wir denn das gut genug?" fragte er.

„Aber sicher, wir wollen doch zeigen, was wir im Kurs gelernt haben."

Er nahm sie in die Arme. Sie presste ihre Hüfte an ihn, den Oberkörper leicht zurückgeneigt, wie es richtig war. Ein Feuer wurde in ihnen entfacht, und dieses Feuer trieb sie zur „Höchstleistung". Es wurde ziemlich still in der Bar. Als der Tanz zu Ende war, klatschten die Zuschauer. Wieder stieg diese unbändige Lebenslust in Renée auf, sie war unsäglich glücklich.

Robert lachte, als sie an den Tisch zurückkamen: „Da scheint ja der Funke gesprungen zu sein, hoffentlich währt das noch eine Weile. Verliebtheit bringt nämlich den chemischen Haushalt total

durcheinander, das Hirn arbeitet wie bei leicht Verrückten – sagen neuerdings die Wissenschafter."
„Was soll's", lachte Chris, „Verliebtheit kann ja zu Liebe werden, wenn der Rausch vorbei ist."
David legte den Arm um Chris' Schultern: „Ja, es gibt sie, die grosse Liebe, aber sie ist wie ein Lottotreffer – sehr selten."
„Ach", sagte Robert, „wir könnten stundenlang über Ansichten reden, was wahre Liebe sei.
Ich komme wieder darauf zurück, was du gesagt hast, Chris. Es braucht den Willen zum Glück."

Renée und Chris waren ohne Auto gekommen. Sie liebten es, in den nächtlichen Lichtern durch die Strassen zu wandern. Renée liess ganz plötzlich seine Hand los, streckte die Arme in die Luft, tanzte durch die Strasse in flottem Walzerschritt.
Sie sahen sich meist zweimal in der Woche. Das nach Hause kommen glich einem Ritual.
Sie setzten sich in die Polstersessel, tranken einen kleinen Whisky pur, Chris setzte sich auf die Armlehne bei Renée und dann änderte sich das Ritual von Mal zu Mal. Renée hatte alle Hemmungen verloren. Sie liebkoste Chris' Körper ebenso umfassend wie er den ihren.
Beim vierten Mal, als sie die Entspannungstropfen ihres Arztes eingenommen hatte, löste sich die Verkrampfung, sie konnten das Beieinandersein fast wie ein Wunder geniessen. Was Renée an Chris ganz besonders schätzte, war seine grosse Zärtlichkeit nachher. Sie hatte im Büro lange genug zuhören müssen, wie die Frauen sich über ihre Männer beklagten, die sich wegrollten und in der nächsten Sekunde schon schnarchten.

Chris blieb bei ihr über Nacht. „Was meinst du", fragte er sie beim Frühstück, „sollen wir mit Renate diese Woche irgendwo zu Abend essen gehen?"
„Ja sicher, sofern sie will, sich wohl fühlt dabei. Falls sie mit dir allein reden will, werde ich selbstverständlich zuhause bleiben."
Chris hob ihr Kinn und küsste sie ganz leicht auf die Lippen: „Wir werden sie fragen."

Mittags im Personalrestaurant setzten sie sich zu Renate. Sie lächelte kaum, als sie fragten, ob es ihr recht sei, nickte nur.
„Du verkriechst dich?" Chris legte seine Hand auf die Renates.
„Ach was", antwortete sie, „es ist alles egal, was ich auch mache. Das Schlimmste ist die absolute Gefühllosigkeit. Ich kann weder weinen noch lachen. „

„Warst du beim Arzt?" Chris sah ihr forschend in die Augen.
„Ja, ich nehme Medikamente, die mich aber nicht aufheitern, sie verhindern nur, dass ich am Morgen um vier nicht mehr in diesen dunklen Schacht stürze, tiefer und tiefer, und wach liege, wieder fünf Minuten schlafe bis die Stimme aus dem Radio micht weckt."
„Dürfen wir dich heute Abend trotzdem zu einem kleinen Essen einladen?" fragte Renée.
Renate lächelte ein wenig: „Aber nur irgendwohin, wo keine Bekannten sind. Ich mag nicht jedem meinen Zustand erklären."

Schweigend assen sie ihr Mittagsmenü und vereinbarten, sich um sieben an der Bushaltestelle zu treffen.

Chris fuhr mit ihnen zu einem kleinen Lokal, wo er noch nie Bekannte getroffen hatte.

„Was esst ihr?" Chris sah sich die Speisekarte an: „Fisch, Vögel oder Fleisch?"

Renée lachte: „Sind Vögel kein Fleisch? Ich nehme Fisch und so wie ich dich kenne, du auch."

„Ich schliesse mich an, es ist ganz egal, was ich esse, ich tu es nur, um nicht zu krepieren. Vielleicht geht ja dieses Vegetieren wieder vorbei."

Chris hatte Renée beschworen, ja nicht zu sagen, Renate müsse sich selbst helfen, weil das unmöglich sei.

Renate tat ihr unendlich leid, sie kämpfte mit Tränen.

„Entschuldige", sagte Renate, „ich habe dir gar nie gesagt, wie toll du jetzt aussiehst, aber ich habe es natürlich bemerkt. Wenn der Affe, der mir im Nacken sitzt, verschwindet, werden wir das ganz gross feiern."

Renée tätschelte ihr die Hand: „Danke."

Chris war erstaunt, dass Renate mit ihnen Weisswein trank. „Geht das mit den Medikamenten?"

„Der Arzt hat es mir nicht verboten. Er sagt, ich müsse es ausprobieren, und ich muss sagen, es wirkt sich positiv aus. Wenn ich nicht arbeiten würde, wäre ich wahrscheinlich jeden Abend stockbetrunken."

Renée sah sie erschrocken an. „Aber das tust du doch nicht am Wochenende, oder?"

„Nein, ich bin ja noch bei Verstand." Sie stocherte in ihrem Teller. „Ich bin auf meinen Lohn angewiesen, die Arbeit geht einfach automatisch, aber was mich fast kaputtmacht, sind die guten Ratschläge meiner Mitarbeiter. Ach ja, sie sind entschuldigt. Ich wusste ja bis heute auch nicht, dass nur Menschen, die selbst depressiv waren einen Depressiven verstehen können. Die andern sollten alle das Maul halten."

Kaum hatten sie gegessen, sagte Renate: „Kommt, lasst uns gehen. Ich bin komisch geworden. Am Morgen möchte ich kaum aufgewacht aus dem Bett, weg vom dunklen Loch und am Abend sehne ich mich, hineinzugehen."
Chris brachte Renate zu ihrer Wohnung. Anschliessend stellte er sein Auto in ein Parkhaus. Renée hatte ihm bei der Rückfahrt gesagt, sie hätte Lust, in die Bahnhofspassage zu gehen.
Bei der zweiten Rolltreppe stand ein junger Bursche, der die Vorbeigehenden höflich fragte, ob sie wohl zwei Franken für ihn hätten. Kurz vor Chris und Renée brüllte ein älterer Mann diesen Burschen an, er sei wohl zu faul zu arbeiten, ausmerzen sollte der Staat solche Schmarotzer. Trotzdem wünschte der junge Mann diesem Rohling einen schönen Abend.
Renée kamen fast die Tränen. „Er ist so süss", flüsterte sie."
„Ja und bestimmt nicht böse", sagte Chris, fischte zweimal zwei Franken aus seiner Jackentasche und drückte sie dem armen Kerl in die Hand.
„Danke, danke schön, einen schönen Abend noch" rief er ihnen nach.
„Warum gibt es Menschen, die solche Bettelnde hassen?" fragte Renée.

„Weil sie nicht in unser System passen, wo alles schön geordnet ablaufen muss. Eine Stadt, die von so vielen Touristen besucht wird, muss sauber sein. Nur einwandfreie Menschen in der Stadt, fleissige, arbeitswillige, geschäftstüchtige in jeder Hinsicht, gesellschaftsfähige Einwohner. Was hinter den Haustüren alles passiert, Schläge, Beschimpfungen Vergewaltigung, Missbrauch, davon möchten diese Apostel am liebsten gar nichts hören, denn es gibt ja nichts, was nicht sein darf. Kriminelle Drogensüchtige sind zwar schlimm, doch wie sagt Jaspers...? Warte, ich habe es gestern in der Bibliothek aufgeschrieben." Chris suchte in allen Taschen nach der Notizzettel und als er ihn nicht fand, kehrte er mitten unter den vielen Leuten seine Hosentaschen. Münzen, Feuerzeug, Knöpfe vielen auf den Boden, die Leute wichen ihm aus. Einige lächelten, andere schüttelten den Kopf, ein Jugendlicher hob schnell ein Zweifrankenstück auf und verschwand, doch den Zettel fand Chris nicht. Renée lachte schallend, so laut, dass einige Passanten sich umdrehten. Wahrscheinlich dachten sie, dieses Paar sei leicht verrückt. Chris sammelte die herausgefallenen Stücke wieder ein und schlug sich dann an den Kopf: „Ich Depp habe den Zettel doch in die Brieftasche gelegt. Komm, lass uns im Bistro ein Bier trinken."

„Ich nehme ein Glas Rotwein," sagte Renée als sie sich gesetzt hatten. Chris legte seine Brieftasche auf den Tisch. "Hier! Höre, was Jaspers sagt: In der Freiheit ist zwar das Verderben gross, das völlige Verderben möglich. Ohne Freiheit aber ist das Verderben gewiss."

„Du meinst, wenn alles und für jeden vom Morgen bis zum Abend alles vom Staat geregelt wird, überwacht wie in Orwells Buch 1984?"
„Ja. Bar aller Rechte sind die Menschen nur noch Marionetten eines diktatorischen Regimes.
‚Lieber sterben, als in der Knechtschaft leben´. Wenn ich mich nicht täusche, hat das Schiller in seinem ‚Wilhelm Tell' einem alten Eidgenossen in den Mund gelegt."
Renée lächelte, schaute Chris liebevoll in die Augen. „Vielleicht war ein alter Eidgenosse einer deiner Vorfahren?"
„Schon möglich. Wenn es stimmt, was der amerikanische Biologe Dawkins über die Entwicklung des Lebens geschrieben hat, sind fast alle Menschen miteinander verwandt und daher ist auch Rassismus völlig schwachsinnig. Wenn du dir vorstellst, dass Natur nur ein Wort für Milliarden und Abermilliarden von Teilchen im unendlichen Spiel eines kosmischen Billards* ist, hast du vielleicht in deiner DNA ein Stäubchen der Maria Stuart und ich ein solches von Peter dem Grossen."
Sie lachten beide.

* Piet Hein

Nach einem halben Jahr entschlossen sich Renée und Chris, zusammen zu wohnen. Nach Abwägen von Dafür und Dawider zog Chris zu Renée. Chris verschenkte, was er an Mobiliar übrig hatte. Beim Umzug lachten die beiden oft. Ein Umzug mitten im Sommer war ideal. Sie opferten dafür keine Ferien, sondern erledigten alles, auch die Meldung auf verschiedenen Ämtern am Wochenende und an den Abenden. Da die Fenster der

andern Appartements des Wohnblocks meistens offen standen, wurden die beiden natürlich beobachtet. Als an einem Abend (es war etwa halb zehn) Renée wieder so herzlich laut lachte, streckten acht Leute ihren Kopf durch die verschiedenen Fenster. Chris hatte sie gezählt.
„Was glaubst du", fragte er seine Liebste, „ist das wohl ein 'ehrenwertes' Haus, in das wir nicht gehören?"
Renée zuckte die Schultern: „Zu meiner Schande muss ich gestehen, dass ich mit den Mitbewohnern keinen Kontakt habe. Mein Fehler, ich weiss. Das wird sich ändern."

An einem Freitagabend hatte die Wohnung für zwei Gestalt angenommen. Chris hatte im dritten Raum, den Renée bis jetzt nur als Abstellraum gebraucht hatte, sein Zimmer mit einem Computer und allem Drum und Dran und auch einem Reservebett eingerichtet.
Sie feierten diesen Abend mit Lachs und Champagner. Zärtlichkeiten flossen wie ein Strom zwischen ihnen: Gesten, Sprache, Aufmerksamkeit, Zuneigung, alles war Zärtlichkeit.
Renée nahm Chris' Gesicht zwischen ihre Hände: „Glaubst du, es wird die GROSSE LIEBE?"
„Wenn wir den Willen zum Glück haben und ein gütiges Schicksal uns hold ist, glaube ich das, ja."

Was Renée an Chris so faszinierte, war sein erotisches Empfinden. Es gab bei ihm keine Automatik: Erotik gleich Sexhaben. Obwohl sie beide Sex sehr genossen, wurde er bis jetzt nicht nur zu einer Gewohnheit, nach einer Regel, die scheinbar viele Ehepaare anwandten.

Renée hörte einmal ungewollt ein Gespräch zwischen vier Frauen. Sie sassen beim Essen in der Kantine hinter ihr, und sie war wegen einer Grünpflanze nicht zu sehen. „Meiner will Sex zweimal die Woche, meistens am Dienstag und am Samstag." „Und meiner ist fast lästig", sagte die zweite, „der will eigentlich immer, am Schlimmsten sind die Wochenenden, da schleicht er immer wie ein räudiger Kater um mich herum. Ich kann ihm zwar schon sagen, ich hätte keine Lust, aber wenn ich das zu oft mache, spricht er einen Tag nicht mehr mit mir. Die dritte war zufrieden, dass ihr Mann nur selten Sex wollte, aber er war auch nicht zärtlich, dafür ruhig und zufrieden. Die vierte wollte selbst öfter als ihr Mann, aber dieser liess sich sehr leicht verführen und beide glaubten daran, dass das ein Liebesbeweis sei.

Renée und Chris gingen am Abend, wenn möglich, immer zusammen vom Büro weg. Sie gingen dann zusammen in der Gaststätte, wo sie sich zum ersten Mal gesehen hatten, ein leichtes Abendessen einnehmen.

Es war etwa sechs Wochen nachdem sie zusammen gezogen waren, als Chris Renée fragte, ob sie je an Heirat gedacht habe.

„Nein, sagte sie, etwa du?

Chris schnaufte erleichtert auf: „Nein, bestimmt nicht. Ich denke, Liebe blüht besser ohne Fesseln. Wenn ein Paar Kinder haben will, ist es natürlich anders."

„Willst du keine Kinder?" Renée sah ihn fragend an.
„Nicht unbedingt. Wir haben ja nicht die beste aller Welten. Ein blöder Gedanke, aber wenn man ein zukünftiges Kind, das eine Vision von seinem Erdenleben hat, fragen könnte, ob es wünsche, geboren zu werden oder eher nicht, wäre das ganz einfach. Wir werden aber doch unser Leben vertraglich regeln, leider können wir ja nicht in die Zukunft sehn."
„Leider? Ich möchte eher sagen, zum Glück können wir nicht in unsere Zukunft sehn."

Dass damit Renée eine Aussage gemacht hatte, die sich schrecklich erfüllte, wussten die beiden nicht.

Nachdem Renée den Einführungskurs in die Psychologie beendet hatte, schrieb sie sich an der Volkshochschule für Vorträge über „Die kleine Geschichte der Weltphilosophie ein".
Chris begleitete sie nicht, denn er hatte selbst schon sehr viel über Philosophie gelernt und gelesen. Ein seltsames Hobby, das er als Gymnasiast betrieben hatte. Seine Kollegen spotteten deswegen oft, wenn er beim Handballplatz, auf dem sie in ihrer Freizeit spielten, auf einer Bank sass, hin und wieder ihrem Spiel zusah, sich dann aber wieder in sein Buch vertiefte.
„Ich freue mich schon riesig darauf, mit dir das, was ich hören werde, zu besprechen, von dir noch mehr zu lernen, was einem fürs Leben nützlich oder hilfreich sein kann. Denn, wenn es mein Leben nicht bereicherte, wäre es ja Unsinn, meine

Zeit damit totzuschlagen, Vorträge zu hören, die meine Lebensqualität mitnichten beeinflussen.
Renates psychisches Befinden besserte sich Tag für Tag und nachdem sie mit einer Arbeitskollegin die Ferien in den Bergen verbracht hatte, war sie überzeugt, geheilt zu sein.

Sobald sie zurück war, rief sie Renée an und lud sie – mit Chris natürlich – zum Nachtessen ein. Die beiden sagten freudig zu.
Renate hatte ein indisches Gericht gekocht, scharf, aber sehr köstlich (Chris sagte „delicious"). Sie schaute während des Essens immer zu Renée hin und sagte eins übers andere Mal: „Ich kann es einfach kaum glauben, wie sehr du dich verändert hast."
Renée lächelte still vor sich hin. Nach dem Essen half sie Renate, die Küche aufzuräumen.
Chris wollte helfen, doch die beiden Frauen sagten, er soll verschwinden. Er nahm das Tagblatt mit ins Wohnzimmer, schloss die Türe zur Küche.
Renée fragte Renate, ob sie schon lange in diesem Appartement wohne.
„Ja", sagte sie, „seit dem ersten Tag, an dem ich hier zu arbeiten begann. Aber ich liess einiges daran ändern, zum Beispiel wollte ich keine offene Küche. Ich liess eine Wand aufstellen mit einer Türe, die man schliessen kann." Sie lachte: „Eines meiner Laster ist das Tratschen, mit einem Gesprächspartner Gedanken auszutauschen, wie Menschen, die wir kennen wohl *sind*: Mehr positive oder mehr negative Charakterzüge? Aber das ist nicht nur ein Hobby, es kann oftmals auch zeigen, wie sehr man sich in einem Menschen täu-

schen kann. Manchmal ist das sehr lustig, aber nie böse gemeint, ausser ich lerne jemand kennen, bei dem ich fast instinktiv spüre, dass er böse, hinterhältig ist und ein Heuchler dazu."
„Warum lädst du denn solche Menschen ein"? wunderte sich Renate.
„Ja weißt du, das ist manchmal nicht zu vermeiden, wenn jemand, den ich einlade mich fragt, ob er seine neueste ‚Flamme' mitbringen dürfe."

Renée hatte den Geschirrspüler gefüllt, Renate die Pfannen gewaschen, also hätten sie sich zu Chris setzen können, aber Renée hielt Renate am Arm zurück, als sie die Küchentüre öffnen wollte.
„Warte", sagte sie „ich möchte dich etwas fragen."
Sie ging hinaus und kam nach einem Moment zurück. „Ich habe Chris klar gemacht, dass ich mehr über dein bisheriges Leben wissen möchte. Chris weiss ja das meiste schon, nicht wahr?"
Renate lachte: „Ja, mehr als genug. Setz dich. Ein Glas Wein? „
„Ja, bitte."
„Wo soll ich anfangen? Bei der Geburt?"
„Ach Quatsch, ausser du hättest dir beim Erblicken der Welt schon etwas eingehandelt, was dein späteres Leben massgeblich beeinflusst hätte."
„Nein, glaub' ich nicht. Das früheste Erlebnis, an das ich mich gut erinnere, war ein kurzer Spitalaufenthalt, weil sie mir wegen häufiger Erkrankungen die Mandeln herausschnitten."
Seither hasse ich Spritzen, aber das ist vielleicht gut, sonst wäre ich womöglich in der Drogenszene gelandet."
„Du doch nicht", sagte Renée.

„Das kann man nie wissen, hör zu. Ich war eine Rebellin, mit den Lehrern hatte ich ab dreizehn ständig Zoff. Ich widersprach ihnen in den Geschichtsstunden, im Religionsunterricht. Später kam die Politik dazu. Ich habe gut gemerkt, dass sie innerlich vor Wut schäumten, und zwar dann, wenn ich recht hatte. Ich erzählte davon nie etwas zu Hause, aber als ich einmal zu weit gegangen war, flog ich von der Schule. Mein Vater schrie Zeter und Mordio, Mutter weinte und ich verreist."

„Ach, wohin denn? Und was war der Anlass des Zuweitgehens?"

„Du musst wissen, mit fünfzehn begann ich jedes Philosophiebuch, das mir in die Finger kam, zu lesen. Auch Theaterstücke von Brecht, von Shakespeare las ich. Es war beinahe wie eine Sucht. Eines Tages, das war während der Religionsstunde, rief mir der Lehrer zu, wo ich mit meinen Gedanken sei, auf dem Mond? ‚Nein', hab' ich gesagt, ‚ich denke nur darüber nach, dass das, was Sie uns erzählen, recht hypothetisch sei und dass die Menschen, die die Bibel geschrieben haben, brillante Schriftsteller gewesen sein könnten so wie Goethe, Nietzsche, Hesse und so weiter.' Er sagte nur, ich dächte zuviel.

Am nächsten Tag zitierte mich der Rektor in sein Büro. Ich sei untragbar geworden, sagte er mir ganz ruhig, ich störe ständig den Unterricht und stelle alles in Frage, was in unserer Kultur als Werte, als Normen, als Ordnung geachtet werde, das heisse, ich verunsichere meine Mitschüler."

Renée sagte, das sei absolut faszinierend von einer Frau zu hören, die so jung schon etwas vom Leben begriffen hatte.

„Ach, wie gottvergessen langweilig war doch meine Jugend!" seufzte sie, „aber, bitte erzähle weiter!"

„Also ich ging dann auf Arbeitssuche. Ich musste Geld haben, ich nahm jeden Job an, der mir angeboten wurde. Ich arbeitete in Restaurants, in Warenhäusern, in einer Strumpffabrik, ich weiss gar nicht mehr alles. Gewohnt habe ich in einer Bruchbude mit zwei anderen Mädchen zusammen. Wir wurden aber keine Freundinnen, mir ging es nur darum, möglichst günstig zu wohnen. Als ich knapp zwanzig war, ging ich trampen. Zuerst nach Spanien, dann England, in die USA nach Kanada und zuletzt nach Südamerika, wo ich ein altes, aber noch gutes Motorrad kaufte. Auch den Führerschein konnte ich kaufen."

Chris kam gähnend in die Küche. „Willst du hier übernachten?" fragte er Renée.

„Nein, gehen wir", sie legte den Arm um Renates Schulter, „ich will alles hören, alles und zwar bald."

„Gute Idee", sagte Chris, „nächste Woche muss ich nämlich geschäftlich nach Russland, geht doch zusammen übers Wochenende in die Berge. Beim Wandern lässt es sich wunderbar plaudern."

„Von Russland hast du mir ja gar nichts gesagt", wunderte sich Renée.

Chris kniff ganz leicht ihre Nase: „Konnte ich auch nicht, habe soeben einen Anruf erhalten."

Renée holte Renate sehr früh am Samstagmorgen ab. Erst brachten sie Chris zum Flugzeughafen, stellten das Auto im Parkhaus ab, bestiegen den nächsten Zug, der sie ins Berner Oberland bringen würde. Nicht ans Bahnfahren gewöhnt, schliefen die beiden Frauen bald ein.

Der Tag zeigte sich von seiner goldenen Seite. Die Blätter zitterten leise im Wind und es war angenehm mild, als sie in Thun ausstiegen und eine Bleibe für die Nacht suchten. Sie entschlossen sich für eine lange Schifffahrt. Da könnten sie so wunderbar miteinander reden und trotzdem den Ausblick auf den See und die Berge geniessen.
Ohne Übergang knüpfte Renate an den letzten Satz, den sie in der Küche ausgesprochen hatte, wieder an: Es war eine schöne Zeit in Mexiko, in den Städten Mexiko City, Toluca und auch in kleinen Dörfern.

Eine Italienerin, die ich zufällig bei einem Volksfest kennen gelernt hatte, war schon seit vier Jahren im Land, arbeitete zeitweise als Entwicklungshelferin und studierte Geschichte an der Universität. Sie nahm mich mit in die Dörfer der Indios, wo zwar die meisten Kinder in die Schule gingen, der Haushalt der Frauen aber dennoch so geführt wurde wie seit Jahrhunderten. Ich war fasziniert zu sehen, wie die Frauen Tortillateig in ihren Händen zu hauchdünnen Omeletten klatschen und sie dann auf dem Lavastein in der Küche, die abgesondert vom Wohnhaus stand, buken. Alle Häuser in Dorf waren aus Holz und

zwar aus ziemlich dünnen Ästen geflochten, ich konnte mir gar nicht vorstellen, wie sie das gemacht haben. Toiletten gab es nicht, jede Familie verrichtete das Geschäft der Verdauung hinter der eigenen Behausung."
Renée war erstaunt: „Hat das nicht schrecklich gestunken?"
Renate lachte: „Sie hatten Scheissepolizisten."
„Was hatten sie?"
„Schweine! Eine ziemlich kleine Rasse. Die gingen durchs Dorf und verspeisten allen Dreck, den die Menschen hinterliessen. Und wenn sie schön fett waren, wurden sie geschlachtet, jedesmal ein Fest für die Eltern, Grosseltern und Kinder. Eh, bitte kotz' nicht auf den schön geputzten Bretterboden. Du musst das nur als einen ganz natürlichen Vorgang betrachten, denn das *ist* Natur. Du weißt ja auch nicht, was die Schweine unserer Zivilisation alles fressen.
Im Prinzip ist es phänomenal, wie gross der Einfluss unserer Vorstellungen ist. Nur wirken diese bei den meisten Menschen eher negativ. Was mir dort ein uralter Mann erzählte, habe ich einige male in der Schweiz meinen Verwandten und Bekannten weitererzählt, ich tue es nicht mehr."
„Warum?"
„Wenn ich sagte, ich glaubte daran, zweifelten sie an meinem Verstand. Andere lachten und meinten ganz einfach, ich würde sie zum Narren halten. In Mexiko war meine schönste Zeit." Renate schwieg, betrachtete träumerisch die Wellen, welche das Schiff in die glatte Seefläche pflügte. Sie schaute zu den Bergen hinauf, deren Gipfel mit Schnee bedeckt waren, und fuhr fort:

„Ich schlängelte mich mit Gelegenheitsjobs durch den Alltag. Ich brauchte ja nur Geld fürs Essen. Die zerrissenen Jeans kümmerten mich nicht. Doch eines Abends wurde mir das Motorrad gestohlen. Ich wandte mich an einen Polizisten, der am Strassenrand den vorbeifahrenden Autos, den Bussen, den Motorrädern zusah, um etwaigen Verkehrssündern eine Busse zu verpassen. Das hätte nicht tun sollen. Er schaute mich von oben bis unten misstrauisch an und wegen meiner zerrissenen Jeans, des schmutzigen Pullovers und meines fast akzentfreien Spanisch stufte er mich fest entschlossen als schon recht altes Strassenkind, oder als Drogensüchtige, als Bettlerin, kurz als dubiose Gestalt ein. Er gab mir gar keine Antwort, sondern packte mich am Arm und schubste mich zum Polizeiauto. Er stiess mich auf den hintern Sitz, die Türe war von innen nicht zu öffnen. Naturgemäss flippte ich aus, schrie ihn an, indem ich ihn mit all den spanischen Schimpfwörtern, die ich bisher gelernt hatte überschüttete. ‚Haben sie Geld' fragte er nur. ‚Nein zum Teufel, das sehen Sie doch.' ‚Dann ist nichts zu machen' murmelte er. Hätte ich Geld in der Höhe seines privaten Tarifs (Bestechungsgeld) bei mir getragen, hätte er vielleicht ein Auge zugedrückt. Er fuhr mich zum Polizeiposten und sperrte mich vorerst mal in eine Gefängniszelle."

„Dadurch warst du wieder um eine Erfahrung reicher!"

Renée lachte ihr schallendes, aber wohlklingendes Lachen, so dass einige Fahrgäste sich umdrehten.

„Allerdings", sagte Renate, „jetzt im Nachhinein finde ich die ganze Angelegenheit auch lustig, aber mir war eine zeitlang gar nicht wohl. Nur eine Vorsichtsmassnahme, die ich gleich zu Anfang getroffen hatte, beruhigte mich. Ich hatte den Pass in die Hosen eingenäht und mir gleich zu Beginn meines Aufenthalts das Ticket für den Flug zurück in die Schweiz gekauft und am Flughafen hinterlegt."

„Schau", sagte Renée, „wenn wir das nächste Mal anlegen, gibt's am Strand verschiedene Restaurants mit Terrassen. Wollen wir die Fahrt unterbrechen und etwas essen?"

Renate stand auf und sah, dass das Schiff bald anlegen würde. Eine grosse Menge Touristen wartete in einer langen Schlange auf die Ankunft. Einige winkten schon mit weissen Mützen, Kleinkinder und Säuglinge schrien, Schwäne umkreisten dem Steg, Enten schnatterten, erwarteten Leckerbissen von den Menschen.

Renée und Renate setzten sich im ersten Restaurant an einen Tisch direkt an der Quaimauer. Sie hatten vorher schon beschlossen, Fisch zu essen, dazu eine Flasche Weisswein zu trinken, und sie assen mit Genuss, sprachen fast nichts dabei.

„Einfach nur geniessen", sagte Renée, „ich kenne so viele Leute, die nicht geniessen können. Ihre Gedanken sind einfach irgendwo, und wenn sie Messer und Gabel auf den leeren Teller legen, wissen sie nach Sekunden nicht mehr, ob das Essen überhaupt geschmeckt hat."

Renate nickte. „Ich erinnere mich an eine fernöstliche Weisheit, die uns zivilisierte Menschen so sieht: *Wir* sagen, ‚wenn du sitzt, dann sitze, wenn

du stehst, dann stehe, wenn du gehst, dann gehe. *Ihr*, wenn ihr sitzt, dann steht ihr schon, wenn ihr steht, dann geht ihr schon'. Und so gehen viele Menschen am Leben vorbei, ohne es zu merken."
Eine Ambulanz mit heulender Sirene fuhr an den Schiffssteg. Jemand musste verunfallt oder ganz plötzlich krank geworden sein.
Der Kellner bestätigte ihnen nach einer Viertelstunde, dass eine Frau wegen eines Herzinfarkts behandelt werden müsse. Sie war erst nach einer Stunde transportfähig. Ihr Hund, den Renate im Schiff bei einer Frau von etwa fünfzig Jahren gesehen hatte, irrte verstört auf der Terrasse von einem Tisch zum andern. Renate beruhigte ihn mit Worten, streichelte ihn. Er kroch unter den Tisch und blieb dort auf Renées Füssen liegen.
„Jetzt haben wir die Bescherung", sagte sie, „na, lassen wir ihn hier, bis ihn jemand abholt. Aber bitte erzähle mir deine ganze Jugendgeschichte."
„Wo waren wir stehen geblieben? - Ich war also im Gefängnis, niemand kümmerte sich um mich. Nach zwei Stunden stiessen zwei Polizisten drei weitere Frauen in meine Zelle. Nach einer Stunde nochmals eine. Sie alle beachteten mich erst nicht und es schien auch so, dass keine dieser vergammelten Personen eine andere kannte. Im Gegenteil, die Blicke, die sie sich zuwarfen waren feindselig. Ich nahm an, dass es Protistuierte oder Drogensüchtige waren.
Gegen Mittag holte mich ein Beamter in sein Büro. Er stellte mir tausend Fragen. Woher ich komme, wer ich sei, was ich in Mexiko wolle. Als ich ihm sagte, ich sei aus der Schweiz, lachte er laut. ‚Das kann ja jede sagen', er schlug mit der Hand auf sei-

nen Oberschenkel, ‚aus der Schweiz! Schweizer sind reich und gut gekleidet und sie verbringen ihre Zeit in Luxushotels'. Ich sagte ihm, mein Pass sei in der Hose eingenäht, ob er die Freundlichkeit hätte, mir eine Schere zu geben. ‚Nein, nein, meine Dame, ich falle auf ihre Tricks nicht herein. Eine Schere! Damit sie mich damit umbringen`? Der musste schlechte Erfahrungen gemacht haben. Ich überlegte mir, ob ich ihn bitten sollte, selbst die Naht zu öffnen. Wäre vielleicht gescheiter, den Frauen in der Zelle war eh nicht zu trauen. Er klopfte mit den Fingern der rechten Hand nervös auf das Schreibpult und griff dann zum Telefon. Ich verstand kein Wort von dem, was er sagte, vermutlich sprach er einen Dialekt. Kurz danach kam ein zweiter Beamter ins Büro. Er nahm von hinten meine Hände in die seinen und hob meine Arme über meinen Kopf. Der andere öffnete die Naht an meinem Hosengesäss, wo er den Pass fand. Er blätterte ihn durch und sagte dann zu mir, er werde alles prüfen, sein Kollege werde mich zurück in die Zelle bringen. Ich überlegte mir, dass es wohl klüger wäre, den Mund zu halten."

Das Schiff war weg, ohne dass Renate und Renée es bemerkt hatten. Auch den Hund unter dem Tisch hatten sie vergessen.
„Das haben wir nun davon", lachte Renée, „von wegen, wenn du redest, dann rede. Was machen wir jetzt mit dem Hund?"
Renate rief den Kellner zu Hilfe. Er zuckte die Schultern:
„Den Tierschutz anrufen, ich gebe Ihnen die Nummer."

„Ich komme gleich vorbei", sagte eine Frauenstimme, als Renate ihr erklärt hatte, was passiert war.

Die Frau hatte nicht zu viel versprochen, in zehn Minuten war sie da, so dass sie ins nächste Schiff einsteigen konnten.

Es war kühl geworden, der Westwind kräuselte den glatten Seespiegel. Renate schnupperte in die Luft.

„Es wird Regen geben bis zum Abend", sagte sie, „komm, wir setzen uns ins obere Restaurant."

Sie hatten Glück. Der Tisch am Bug, vor einem grossen Fenster war noch frei. So hatten sie die gleiche Sicht wie draussen.

Nachdem sie zwei Espressi bestellt hatten, mit einem kleinen Calvados dazu, fragte Renée ungeduldig, wie es Renate nachher ergangen sei. Sie sah ihr schelmisch in die Augen: „Auf alle Fälle bist du irgendwann frei gekommen, sonst wärst du nicht hier."

„Ja, aber vorher gab es eine bewegte Nacht und nochmals einen Vierundzwanzigstundentag in der Gefängniszelle. Als ich in die Zelle zurückkam, sprachen zwei der Frauen mürrisch miteinander. Ich verstand sie aber nicht, sie sprachen portugiesisch."

Eine Frau, sehr attraktiv, „in meinem Alter", schätzte Renée, kam mit strahlendem Lächeln zu ihnen an den Tisch. „Renate!" Ein Wort nur, aber es lag soviel Freude in diesem einen Wort. Renée glaubte nicht, richtig zu sehen. Renate errötete. „Simone, du? Das darf ja nicht wahr sein!"

„Ist es aber." Sie ging zu Renate, küsste und umarmte sie stürmisch.
Renée verbarg ihren Ärger. Sie hatte gehofft, an diesem Tag die ganze Geschichte von Renates Leben zu hören. Sie sagte freundlich, sie gehe sich ein bisschen umsehen. „Ist gut", sagte Renate, nachdem sie ihr Simone vorgestellt hatte.

Nach einer Stunde, kurz bevor das Schiff anlegte, um Passagiere aus- und einsteigen zu lassen, ging Renée zurück zu den beiden Frauen. Simone stand beim Tisch, verabschiedete sich soeben von Renate, weil sie aussteigen wollte.
Nachdem Renée sich gesetzt hatte, hoffte sie, Renate erklärte ihr, was für eine Rolle diese Simone in ihrem Leben gespielt hatte. Renate sagte aber nichts, sie schien in Gedanken in weiter Ferne, in der Vergangenheit zu verweilen. Renée glaubte zu spüren, dass sie dort für den heutigen Tag bleiben wollte.

Renée schwieg. Renate machte von Zeit zu Zeit eine Bemerkung über das, was ihr am Ufer oder auf dem Wasser besonders gefiel, und Renée stimmte ihr jeweils zu oder murmelte ganz einfach etwas, das niemand verstand.
Sie beschloss, die Psychologin, die sie im Einführungskurs kennen gelernt hatte, zu fragen, was diese so abrückende Gedankenreise in die Vergangenheit bedeuten könnte.
Als Renée um elf Uhr nachts zu ihrer Wohnung kam, sah sie, dass im Wohnzimmer Licht brannte. Also war Chris schon zuhause. Er schlief vor dem

Fernseher, was selten geschah. Sie streichelte über seinen Kopf.
Er erschrak, blinzelte mit den Augen: „Da bist du ja. War's schön?"
„Komm schlafen, ich erzähl's dir morgen."

Renée hatte sich den Montag frei genommen, da Chris wegen seines geschäflichen Wochenendes auch nicht zur Arbeit gehen musste.
Beim Frühstück erzählte Renée vom gestrigen Tag und was sie alles von Renate erfahren hatte.
„Kannst du dir vorstellen, was diese Simone für sie zu bedeuten hat?"
Chris zuckte die Schultern: „Vorstellen schon, aber ich weiss zu wenig über das, was im Unterbewusstsein schlummern könnte. Sie hat sich ja jetzt gut erholt, sagt, dass die Depression vollständig verschwunden sei.
Falls sie jedoch bald wieder hineinschlittert, muss ich sie dazu bringen, in eine Therapie zu gehen."
„Kennst du sie schon lange?"
„Seit ich hier arbeite. Aber ich habe ihre Eltern gekannt.
Als Renate schon weg war, zogen wir in ein Haus an der gleichen Strasse, wo sie wohnten. Mit ihrem Vater bin ich manchmal in einer Wirtschaft im Dorf zusammengesessen. Wir waren beide im gleichen Fitnessclub. Aber bald mied ich ihn. Er war ein Spiesser, glaubte, moralisch leben heisse Achtung vor den bestehenden Behörden und Institutionen haben., Dann hätte man auch am wenigsten Ärger, meinte er. Sein Ideal war, wenig Verdruss zu haben und das Leben zu geniessen, so gut es ging. Von wem Renate das Rebellische

geerbt hatte, weiss ich nicht. Bestimmt nicht von ihrer Mutter.

„Hat sie dir schon ihre Lebensgeschichte erzählt?"
„Nein, eigentlich weiss ich recht wenig von ihr. Bis zu ihrer Depression war sie für mich ganz einfach eine Frau, die ich mochte, weil sie so aufmüpfig war."

Am Nachmittag gingen Renée und Chris einkaufen. Beide wussten nicht genau, was sie eigentlich wollten. Sie schlenderten durch die Einkaufsstrassen, schauten in die die Schaufenster. Am Abend gingen sie mit Esswaren für eine Woche und mit je einer Winterjacke nach Hause.
„Weisst du", sagte Renée beim Öffnen der Wohnungstüre, „manchmal ist es auch ganz schön, nicht viel zu denken und sich einfach treiben zu lassen, wie zum Beispiel heute."
Beim Wegräumen der gekauften Brote, Salate, dem Käse und dem Fleisch fuhr sie fort: „Wir haben in unserem Einführungskurs in die Philosophie eine Frau, die kann wahrscheinlich gar nie aufhören, über das Schicksal der Menschen nachzudenken. Letztes Mal hatte sie ein Aha-Erlebnis. Der Dozent sprach von Nietzsche, den er sehr schätze und der von vielen Menschen falsch verstanden worden sei und immer noch werde. Er sagte, er selbst hätte nie verstanden, weshalb dieser grosse Geist das Mitleid so sehr verdammt und als Schwäche eines Menschen angesehen habe. „Erst als ich", hat der Professor gesagt, „in die verschiedenen Länder gereist bin und das ganze Elend in den Strassen, vor allem die Kinder

gesehen habe, hungernd, ganz kleine Kinder weinend in ihrer Verlassenheit, von Lösungsmitteln betäubte Knaben und Mädchen, habe ich begriffen, dass vermutlich Nietzsche gegen sein Mitleid hatte kämpfen müssen, damit er seelisch nicht zugrunde ging. Möglich, dass dieser Abwehrmechanismus ihn noch etwas länger davon bewahrt hat, in der Dunkelheit des Wahnsinns zu versinken."

„Endlich!" hat die Frau gesagt.

„Möchten jemand etwas dazu sagen?" fragte der Professor.
„Ich möchte Ihnen nur danken", sagte die Frau, „Sie haben mir die Antwort gegeben auf eine Frage, die ich mir immer wieder gestellt habe. Ich selbst muss ganz bewusst gegen das Mitgefühl kämpfen, damit ich daran nicht kaputt gehe. Aber ich kann ja nicht einfach den Kopf in den Sand stecken, mich verkriechen, keine Nachrichten mehr hören oder sehen, keine Zeitungen mehr lesen. Aber ich muss ganz schnell und bewusst die Gedanken an die vom Schicksal gebeutelten Menschen verdrängen, sonst würde ich wahnsinnig werden."
„Manchmal habe ich auch Mühe mit dem ganzen Elend dieser Erde", entgegnete Chris, „aber das hilft niemandem. Mit Wegschauen können wir die Welt nicht verändern, keine Not lindern."

Als Chris im Wohnzimmer Renées Rücken streichelte, sagte sie: „Ach, könnten doch alle Menschen so glücklich sein wie wir!"

Sie drehte den Kopf zu Chris: „Warst du eigentlich immer glücklich?"

Er schüttelte den Kopf: „Schön wär's! Ich habe noch nie einen Menschen getroffen, der immer glücklich war – und es auch bleibt. Viele haben mir gesagt, wenn ich sie nach ihrem Lebensglück fragte, was denn Glück sei. Und sehr viele sagten - ich bewundere sie, aber wahrscheinlich haben sie recht, - wer zufrieden sei, sei glücklich. Vielleicht erwarten die Menschen zuviel vom Leben – wir ja auch."

„Aber jeder Mensch sollte doch das Glück wenigstens anstreben."

„Was ist Glück? Glück ist zuerst einmal, von Katastrophen verschont zu werden, von Krankheiten, Unfällen, Arbeitslosigkeit und und und. Einer, der sagen kann, ich mache immer das Beste aus einer Lebenssituation, ist zu beneiden."

Renée streichelte seine Wange. „Erzähl mir von dir", sagte sie.

„Mein beruflicher Werdegang ist schnell erzählt. Nach der Schule eine Lehre als Feinmechaniker mit Berufsmatura, anschliessend zwei Jahre Handwerker, dann Universität, voilà."

„Voilà! Und was war sonst in deinem Leben, nur kurzes Glück?"

„Die Kindheit war nicht eben glücklich, aber das war niemandes Schuld. Vater hat viel mit mir und meinem älteren Bruder unternommen. Spaziergänge, Bootsfahrten auf dem Fluss, Skifahren. Ja, ja, er war in Ordnung. Mutter war auch in Ordnung, nur meistens nicht da, entweder geistig weit weg oder in der Klinik. Sie hatte schwere Depressionen."

Chris seufzte: „Als ich in der Lehre war, hat sie sich umgebracht."

„Oh, mein Gott", flüsterte Renée.
„Für sie war es eine Erlösung, und wenn wir ganz ehrlich sind, auch für uns."
Renée schwieg betroffen.
Chris zog sie an sich: „Komm, du musst nicht traurig sein. Willst du denn gar nichts wissen über meine Frauengeschichten?"
Sie sah ihn schelmisch an: „Ja, schon, gerne, wenn du es erzählen willst."
„Es ist nicht umwerfend. Zum ersten Mal verliebte ich mich während des letzten Lehrjahres – in eine Mitschülerin. Das war das Hochgefühl der jungen Liebe. Sie hiess Liliane und führte mich ein in das, was die Leute heute Liebemachen nennen. Sie hatte mehr Erfahrung als ich.
Es war schön und unbeschwert, so richtig in den Tag hineinleben mit Disco, Kino und all dem, was an Vergnügen angeboten wird. Aber lange hat das nicht gedauert. Ich verliebte mich während der Ferien am Mittelmeer – meine Freundin konnte nicht mitkommen – in eine andere. Als ich zurückkam, habe ich mit Liliane sofort Schluss gemacht. Die neue Freundschaft dauerte aber auch nur knapp zwei Monate. Wir waren uns einig, dass wir nicht zusammenpassten. Weisst du, was mich am meisten erstaunt hat?"
„Dass es dir nicht leid tat?"
„Nein, dass Liliane, die ich verliess, nicht traurig war, sondern wütend. Sie fand nicht eben schöne Worte für meinen Lumpencharakter."

Renée lachte. „Oh, oh, nicht gerade schmeichelhaft. Die grosse Liebe scheint sehr selten zu sein. Ich würde sterben, wenn du mich verliessest. Ich würde ganz bestimmt nicht wütend auf dich sein."
Chris nahm sie zärtlich in die Arme. „Ich glaube, ich würde auch sterben ohne dich. Nicht wirklich, aber du nähmst alle meine Gefühle mit dir."
Er nahm einen Apfel aus der Schale, die auf dem Tisch stand und biss kräftig hinein, dass es knackte.
„Das waren aber nicht die einzigen zwei Frauen in deinem Leben?"
„Nein, da bist ja auch noch du!"
„Quatsch. Du wirst mir doch nicht weis machen, dass du ein paar Jahre zölibatär lebtest."
„Nein, bestimmt nicht. Du bist die dritte Frau, die älter ist als ich. Nach den zwei Mädchen verliebte sich eine Frau aus dem Fitnessclub in mich, und sie war eine Meisterin im Verführen. Sie war zwölf Jahre älter als ich, aber sehr attraktiv. Es war spannend, in die Welt der Liebeskünste eingeführt zu werden."
Renée unterbrach ihn: „Ach, darum bist du ein Künstler!"
„Ja, bestimmt, davon bin ich überzeugt. Nach einem Jahr wollte sie nichts mehr von mir wissen. Aber es war ja nicht die grosse Liebe. Ich war zwar traurig, tröstete mich aber schon bald mit einer andern. Diese traf ich an einem Firmenfest. Sie war nur drei Jahre älter als ich. Erst gingen wir ganz ungezwungen miteinander aus. Wir redeten viel über Gott und die Welt, wie man so schön sagt. Sie hatte grosse Pläne für uns. Ich sollte auf

der Karriereleiter in den höchsten Olymp aufsteigen und ihr ein schönes Leben ermöglichen. Sie träumte von teuren Kleidern, von Weltreisen und was sonst die Welt noch an Luxus zu bieten hat. Zuerst glaubte ich, es sei ihr nicht ganz ernst, da sie auch andere Interessen hatte, wie Kunst und Philosophie. Im Nachhinein scheint mir, sie war ein wenig verrückt. Als sie merkte, dass ich zwar in meiner beruflichen Laufbahn weiterkommen könnte, aber um alles in der Welt nicht die Verantwortung eines Topmanagers übernehmen wollte, stritten wir uns immer öfter und zwar wegen jeder Kleinigkeit. Ich war ihr zu weich, ein Softy, ein Pantoffelheld. Einer der mit einer Frau zusammen arbeiten und auch den Haushalt gemeinsam führen möchte. ‚Nein danke!' sagte sie. Ich bedauerte, dass sie mich verliess, aber ich wollte mich doch nicht in ein Zwangsjacke einschnüren lassen."

„Und dann kam ich. Die Unschuld vom Lande. Warum hast du dich eigentlich für mich interessiert?"

Er hob Renée mit seinen Armen auf und trug sie ins Schlafzimmer, Auf dem Bett beugte er sich über sie und während er ihre Bluse öffnete, sagte er mit Überzeugung: „Weil ich gerne harte Nüsse knacke, um zu sehen, was für ein Kern in der Schale verborgen ist."

Renée ging am nächsten Tag früh ins Büro. Sie hoffte, Renate noch vor Arbeitsbeginn zu sehen, und weil diese zu ihrem Arbeitsplatz an der Türe

von Renées Büro vorbeigehen musste, liess sie diese offen stehen.
Das Geklapper von Renates hochhackigen Schuhen war von Weitem zu hören. „Hallo", rief Renée, „wir treffen uns beim Mittagessen im Café vis-à-vis, damit du mir erzählen kannst, was im Gefängnis geschehen ist."

„Mein Gott", sagte diese, „wenn dich jemand hört, glauben die, ich sei eine ehemalige Kriminelle."

„Falls dem so ist, werde ich diesen Jemand aufklären", sagte Renée lachend.

„Es bleibt uns aber nicht viel Zeit", sagte Renate, als sie sich im Café gegenüber Renée setzte.
„Nur noch das vom Gefängnis, bitte, den Rest deines bisherigen Lebens möchte ich am Abend hören. Du kannst zu mir nach Hause kommen, Chris geht an eine Sitzung."
„Wie gesagt, zwei Frauen sprachen in der Zelle miteinander. Um achtzehn Uhr brachte ein Wärter eine dicke Suppe undefinierbaren Inhalts. Für jede von uns einen Blechnapf mit Suppenlöffel. Die Brühe schmeckte wie Karton. Die Zelle hatte eine breite Türe mit dicken Gitterstäben. Immer wieder wurde Männer und Frauen in andere Zellen gebracht. Wir konnten Schreie und Flüche hören.
Die Jüngste in unserer Zelle – ich schätzte sie auf fünfzehn – legte sich nach dem Frass, den sie nur zur Hälfte gegessen hatte auf den nackten Fussboden. Plötzlich fing sie an zu zittern, zu stöhnen.

Mir war klar, dass sie unter Drogenentzug litt. Ich setzte mich zu ihr, sie tat mir leid. Aber sie war ja nur eine Junkie, Abfall, es kümmerte sich niemand um sie. Als sie laut zu schreien anfing, kam eine Wärterin, um sie anzubrüllen, wenn sie nicht ruhig sei, werde sie in die Isolierzelle gesperrt. Nachher war von ihr nur noch ein leises Wimmern zu hören. Ich setzte mich wieder zu ihr, streichelte ihren Kopf. Hätte jemand die hinter ihr liegende Lebensgeschichte wie in einem Film sehen können, wäre es für die meisten selbstverständlich gewesen, dass sie zu dem geworden ist, was sie jetzt war. Die andern Frauen in der Zelle sahen das Bündel Elend nur verächtlich an. Die älteste, die aufgeputzt war mit viel Schminke und wasserstoffblondem Haar, versuchte, sie mit dem Schuh zur Seite zu schieben.

Als sie meine vor Wut funkelnden Augen sah, liess sie es bleiben. In einer Ecke stand ein Kübel, in den wir pissen konnten. Ich beschwor alle Heiligen, nicht zuzulassen, dass eine von uns auch scheissen musste.

Gegen Morgen musste die Drogensüchtige dann doch. Ein bestialischer Gestank breitete sich aus. Als sich der Tag durch das kleine Fenster unter der Decke ankündigte, holte zum Glück ein junger Mann den Eimer ab.

Nochmals Suppe zum Frühstück. Dann wurde eine nach der andern von uns abgeholt und wieder zurückgebracht. Nur mich schienen sie vergessen zu haben. Ich fluchte, die Wärter grinsten. Endlich, um sechs Uhr abends, rief einer meinen Namen, öffnete die Zellentüre, führte mich ins Büro. Ein anderer Beamter als am Tag zuvor sass

im Polstersessel, die Füsse auf dem Tisch, meinen Pass in der Hand.
‚Wir haben alles geprüft', sagte er, reichte mir den Pass, säuerlich lächelnd, ‚Sie können gehen'. Ich bat ihn, telefonieren zu dürfen. Er wies mit der Hand auf den Apparat an der Wand. Ich war vollkommen blank. Ich musste mich an ein Hilfswerk wenden, dessen Nummer ich im Kopf hatte. Die Frau am andern Ende sagte mir, sie würden mich in einer Stunde abholen, ich möge mich doch auf die Bank vor dem Haupttor setzen.

Renate schaute auf die Uhr. „Höchste Zeit zu gehen, sagte sie, „mein Chef hat mir gesagt, pünktlich zu sein, ein wichtiger Kunde hätte sich angemeldet", sie wühlte in der Jackentasche, die sie auf die Bank gelegt hatte.
„Mein Geld ist weg, ich weiss zwar nicht wie das geschah, jemand muss es geklaut haben."

„Lass nur", sagte Renée, „geh schon, ich werde bezahlen. Vielleicht hast du ganz einfach den Geldbeutel zuhause vergessen."

Renate stand auf. „Also dann bis heute Abend, tschüss."

Die beiden Frauen holten nach Feierabend etwas zu essen in einer Pizzeria. Kaum sassen sie am Tisch, bestürmte Renée ihre Freundin, ihre Geschichte weiter zu erzählen.

„Also, ich wartete auf der Bank beim Gefängnistor, bis mich jemand abholen kam. Ich schämte mich, denn meine Kleider und meine Haare stanken bestialisch, und ich hoffte, der üble Geruch würde an der frischen Luft in einer Stunde verschwinden. Die Frau, die mich abholte, eine Amerikanerin, war freundlich, aber sie gab mir als erstes eine dünne Plastikberufsschürze zum Anziehen. Wahrscheinlich hatte sie ihre Erfahrungen mit Knastschwestern gemacht und wollte nicht, dass ihr Auto verpestet würde.

Die Hilfsorganisation hatte ein Büro in einem Teil einer grossen, etwas heruntergekommenen Villa gemietet. Das Haus war umgeben von einem Gemüse- und Blumengarten, sehr gepflegt. Junge Mädchen und Burschen hackten die Erde auf, pflanzten Gemüse, jäteten die Wege oder schnitten Blumen. Ich fragte meine Betreuerin, ob sie Angestellte hätten. ‚Nein', sagte sie, ‚wir holen die Jugendlichen immer wieder, von der Strasse weg. Manche bleiben nur einen Tag hier, andere wieder mehrere Tage, ja sogar Wochen. Ganz selten sind welche darunter, die sich nachher eine Arbeit suchen und manchmal auch finden, doch die meisten landen über kurz oder lang wieder im Elend.'

Sie führte mich ins Haus, zeigte mir den Duschraum und bat mich, mindestens eine Viertelstunde mit Seife und Wasser den Gestank aus Haut und Haaren zu waschen. Sie lachte dabei. Ich lächelte ihr dankbar zu.

Als ich mich abtrocknete, bemerkte ich, dass Frau Bess, so hiess die Amerikanerin, inzwischen fast neuwertige Kleider für mich auf den Stuhl gelegt hatte.

Im Auto hatte sie sich nach meinem Leben erkundigt und war froh, als ich ihr sagen konnte, dass mein Billett schon bezahlt sei und ich nur noch Geld für den Bus bis zum Flughafen bräuchte. Ich versprach ihr, der Hilfsorganisation eine Spende zukommen zu lassen, sobald ich in der Schweiz sei.

Frau Bess hatte mich gebeten, nach der Dusche zu ihr ins Büro zu kommen. Ich fühlte mich wie neu geboren.
Sie stand auf, als ich eintrat. ‚Ich habe mich erkundigt, wann ein Flugzeug der von mir gebuchten Airline starten würde', sagte sie, ‚in vier Stunden können sie einchecken, und damit Sie bald etwas in den Bauch kriegen, gebe ich Ihnen einen Gutschein fürs Essen. Es tut mir leid, sie einfach abfertigen zu müssen, aber ich bin in Eile."
Ich umarmte sie und sagte ihr, dass ich sie nie vergessen würde. Das ist tatsächlich so. Zu Weihnachten schicken wir uns immer gegenseitig Grüsse."

Ich bekam nicht viel mit auf dem Rückflug, denn ich schlief fast ununterbrochen.

In Zürich rief ich meinen Vater an. Er zeigte keine Begeisterung, mich zu hören, versprach aber, mich abzuholen."
„Wusste er überhaupt, wo du dich herumgetrieben hattest?" fragte Renée.
„Ach ja, ich habe so alle zwei Monate eine Ansichtskarte nach Hause geschickt. Die Begrüssung in der Flughafenhalle war kühl, als ich ihm

jedoch auf der Heimfahrt sagte, dass ich jetzt sofort in die Handelsschule gehen möchte, verzog er seinen Mund, es sollte wohl ein Lächeln sein. Er offerierte mir grosszügig das Geld, das ich brauchte, mit der Bedingung, dass ich ihm die Hälfte davon später zurückzahlen müsste."

„Wo hast du gewohnt? Wieder in einer Wohngemeinschaft?"

„Ja, ich hatte in einer Anzeige gelesen, dass zwei Frauen eine dritte Mitbewohnerin suchten. Sie waren Studentinnen. Für eine davon, Simone, war es der zweite Bildungsweg. Sie hatte vorher als Krankenschwester gearbeitet, jetzt studierte sie Medizin. Sie war ein paar Jahre älter als Laura und ich."

Renate schwieg eine Weile, schaute gedankenverloren durchs Fenster.

„Erinnerst du dich an die Frau, die mich auf dem Schiff angesprochen und umarmt hat?

„Ja, sicher erinnere ich mich, ich war nämlich wütend, weil sie dich beim Erzählen gestört hat."

Renate lachte: „Du warst wütend?"

Sie schwieg wieder. Renée kam es so vor, als wenn sie etwas sagen wollte und nicht wusste, wie damit anfangen.

„Du möchtest mir etwas sagen, nicht wahr? Schiess doch einfach los, irgendwie werde ich dich schon verstehen."

„Diese Simone..." Renate schwieg eine Weile.

„Ja, ich höre."

„Diese Simone hat mich eines Abends gebeten, mit ihr ins Kino zu gehen. Der Film war als erotischer Traum angepriesen worden, ich habe sogar den Titel vergessen. Er war schön, mit fantasti-

schen Bildern und Farben. Auch die Liebesszenen, besonders die zwischen zwei Frauen, liessen an Ästhetik nichts zu wünschen übrig. Ich weiss nicht, was dieser Film in Simone ausgelöst hat. Kurz vor unserer Wohnung, riss sie mich in ihre Arme und fing an, mich leidenschaftlich zu küssen. Ich habe sie sanft von mir gestossen und zu ihr gesagt: ‚Nicht, ich, Simone'-
Weder sie noch ich haben den Vorfall irgendwann nachher erwähnt. Unser Verhältnis war so wie vorher.
Nachdem sie mich auf dem Schiff so herzlich umarmt hat, habe ich gedacht oder sogar gespürt, sie liebt mich immer noch."
„Ich hoffe nicht", sagte Renée, „sie täte mir leid, sie ist eine sehr attraktive Frau. Ich hoffe, sie hat jemand gefunden. Aber zurück zu dir. Wie lange warst du im Ausland?"

„Fast drei Jahre, aber meine Sprachkenntnisse waren für die Handelsschule natürlich von grossem Vorteil. Ich hatte keine Probleme, das Diplom zu schaffen."
„Und dann kamst du in die Firma nach Zürich, wo wir zwei und Chris jetzt arbeiten."
„Ja, und da bin ich jetzt, im Innern immer noch rebellisch, aber nach meiner Depression habe ich etwas an Draufgängertum verloren."
„Liebschaften?"
„Ach, ich glaube, das ist der wunde Punkt in meinem Leben. Ich halte es einfach nicht lange aus mit einem Mann, kann mich aber trotzdem schnell für einen Neuen begeistern, wenn er mir gefällt." Sie zuckte etwas resigniert die Schultern.

„Und was ist es, das dir gefällt? Muss er schön sein, lustig, ernst, reich, gut tanzen können oder was?

„Er muss von Anfang an merken, dass ihn nicht nur mein Äusseres, sondern auch mein Gefühlsleben interessiert."
„Und das haut dich dann um?"
Renate zuckte die Schultern: „Ja, bis ich dann merke, dass ihn nur das Eine interessiert: mit mir ins Bett zu gehen."
„Das magst du nicht?"
„Ach, zum Teufel, ich weiss es auch nicht. Auf alle Fälle ist es mir nicht sehr wichtig."
Renée schüttelte den Kopf: „Komisch, wenn zwei einander lieben, ist Sex doch ganz selbstverständlich, oder nicht"
„Was ist Liebe?"
Renée stand auf, legte ihre Hand auf Renates Schulter und sagte: „Wenn jemand fragt, was Liebe ist, hat er sie noch nie erfahren dürfen."
Renate nahm ihre Jacke, die neben ihr lag, schlüpfte hinein und sagte: „Wie kompliziert das Leben doch manchmal ist. Ich danke dir fürs Zuhören, bis morgen, schlaf gut."
Renée tätschelte ihr die Wangen: „Schlaf auch gut."

Monate vergingen nach diesem Gespräch. Wie bei jeder Beziehung waren die Tage von Renée und Chris mit Alltäglichem ausgefüllt. Nur ihre Liebe war nicht zur Gewohnheit geworden. Es waren manchmal Kleinigkeiten, die Lust auf Sex erzeugten. Ein Musikstück etwa oder ein Glas Wein oder

wenn sie sich einfach in die Augen sahen, ein liebes Wort, ein Streicheln der Hände oder Haare genügten.
Renate und Renée sahen sich immer öfter. Sie besuchten zusammen das Stadttheater, Lesungen in Buchhandlungen, Vorträge an der Universität, und natürlich die Bar „Chez Robert", wo sie immer Gäste fanden, die gerne diskutierten.

Chris und Renée wohnten schon bald zwei Jahre zusammen, als in der Firma die Stelle des Verkaufsleiters, weltweit zuständig, neu zu besetzen war.
„Was meinst du dazu?" fragte er Renée beim Abendessen.
„Ist toll, du wirst doch annehmen?"
„Wir werden dadurch aber mehrere Male im Jahr getrennt sein, Tage, Wochen. Wenn es Probleme gibt in den amerikanischen asiatischen oder afrikanischen Firmen, werde ich persönlich dort vorsprechen müssen.
Wie du weißt, haben wir ein brandneues Steuerungssystem für Textilmaschinen entwickelt. Und wie du auch weißt, sitzt manchmal der Teufel in kleinen Details, und die Fehler zu finden, dauert manchmal sehr lange."

Renée nahm seine Hände in die ihren, sah ihn zärtlich an und sagte: „Umso schöner wird es sein, wenn wir nachher das Zusammensein so richtig geniessen können. Erstens scheint mir unsere Bindung stark genug zu sein, um diese Trennungen zu ertragen und zweitens ist es doch manchmal auch ganz schön, die freie Zeit so richtig zu geniessen, das heisst, wenn mir darnach ist, kann ich dann schon um halb acht ins Bett schlüpfen. Bitte, versteh mich richtig, deine Gegenwart war mir, seit wir uns kennen, noch nie lästig, noch keine Sekunde."

Chris stand auf, nahm sie in den Arm, küsste sie ganz sanft, und diese zarte Berührung schien ihr wie ein Gütesiegel ihrer Liebe. Als er sich von ihr lösen wollte, schlang sie ihre Arme um seinen Hals. Die Küsse entfachten Glut in beiden Körpern...

Eigentlich wollten sie an jenem Abend ins Kino gehen, aber als Renée auf ihre Armbanduhr schaute, fing sie laut zu lachen an.

„Was ist?", fragte Chris, schwang seine Beine aus dem Bett, sah Renée verdutzt an.

„Der Film im Kino Apollo dürfte in zehn Minuten zu Ende sein, meinst du nicht auch?"

Chris liess sich rücklings aufs Bett fallen und beide lachten laut und lange.

„Es ist so etwas Wunderbares, wenn zwei Menschen zusammen lachen können", sagte er, „du hast doch kürzlich Nietzsche gelesen, was hat er in einem seiner Werke über das Lachen gesagt?"

‚Das Lachen sprach ich heilig. Ihr höhern Menschen lernt mir lachen.'

Seine neue Stelle beanspruchte ihn am Anfang sehr, und nach einem halben Jahr musste er tatsächlich immer wieder ins Ausland fliegen.

Umsomehr Zeit hatte Renée für Renate. Sie gingen oft in die Bar „Chez Robert". Renée fiel auf, dass Renate viel mehr trank als früher. An den Wochenenden war sie meistens betrunken. Auf

Renées Frage, „Warum?" anwortete sie nur kurz: „Ach lass mich doch!"

Wenn Chris für zwei, drei Wochen da war, genossen er und Renée das Zusammensein so intensiv wie möglich.
Eines Abends als sie von einem Spaziergang in die Wohnung zurück kamen, öffnete Renée das Fenster.
In der Ferne türmten sich die Wolken zu berghohen Massen. Dahinter glühten die Strahlen der Sonne wie flüssiges Gold, aber bald war sie verschwunden, die Wolken wurden dunkler und dunkler, bald hörte man Donnergrollen.
„Es wird Regen geben", sagte sie, „und morgen ist Sonntag."
„Ah, schön", antwortete Chris, „Zeit zu schlafen und zu lesen".
„Fachliteratur?" fragte Renée gähnend.
„Ja und nein." Er nahm ein grünes Buch aus seinem Köfferchen, "es geht in diesem Werk um Zusammenhänge in der Wirtschaft, aber auch Zusammenhänge Wirtschaft und Naturwissenschaft."
Renée streckte ihre Hand aus: „Lass sehen." Sie blätterte Seite um Seite um, manchmal las sie ein paar Sätze, bis ihr Chris das Buch aus den Händen nahm.
„Ja, ja", sagte Renée, „wir werden unsere Erde kaputtmachen, wenn wir uns weiterhin weigern, die Scheuklappen abzulegen. Meine Mutter erinnert sich, dass sie schon vor vierzig Jahren in der Schule vom Weltuntergang gesprochen, schon damals beim Reden darüber besorgte Gesichter

gemacht haben. Nur ein Mädchen sagte immer ganz ruhig:
‚Ja und? Dann fängt alles wieder von vorne an. Die Natur ist überhaupt nicht auf den Menschen angewiesen, die kann sich dann in aller Ruhe in Millionen von Jahren wieder erholen'."

Am Montag kam Chris ganz aufgeregt in Renées Büro. „Stell dir vor, Renate ist einfach abgehauen. Sie hat gar niemandem gesagt, dass sie vor drei Monaten gekündigt hat. Zwölf Stunden nach ihrem letzten Arbeitstag sass sie schon im Flugzeug nach San Francisco."
„So ist das also", sagte Renée nachdenklich, „mir ist ganz einfach aufgefallen, dass sie immer mehr trank, und es blieb nicht nur beim Wein. Besonders am Samstagabend trank sie immer Schnäpse, bevor sie nach Hause ging – immer im Taxi – und dann schlief sie den ganzen Sonntag über."
Chris schüttelte den Kopf, „Ich vermute, sie steckt wieder in einer Depression, wenn sie nur keine Dummheiten macht."
„Dann muss es diesmal anders sein als letztes Mal. Erinnerst du dich, wie sie immer darüber klagte, keine Gefühle mehr zu haben? Der Läubli, ihr Mitarbeiter, hat mir einmal anvertraut, dass sie oft im Versteckten geweint hatte. Den Grund dafür wusste er nicht."

2. Teil

Es verging ein ganzes Jahr, bis Renée und Chris eine Nachricht von Renate erhielten, eine Ansichtskarte, „Skyline of San Francisco". „I'm happy. Gehe jetzt zum Seelendoktor. Es wird alles gut werden", schrieb sie.

Renée hatte sich damit abgefunden, dass sie alles zusammengerechnet mindestens sechs Monate im Jahr allein in ihrer Wohnung hauste. Wenn sie Ferien hatte, flog sie mit Chris, wohin auch immer sein Job ihn führte. Er hatte, zwar mit Widerstand, bei seinem Chef erzwungen, dass er mindestens zwei Wochen pro Jahr gleichzeitig mit Renée beurlaubt würde und er dann irgendwohin verschwinde, wo niemand ihn finden könnte.

Renée hatte das Glück, dass die Frau, die an Renates Stelle kam, just die Richtige war, ihr Freundin zu werden. Sie hiess Irene und war fünf Jahre jünger als Renée, unternehmungslustig und wissbegierig. Wenn sie zusammen ausgingen, verflog die Zeit im Nu.

Nach ein paar Wochen wusste jede so ziemlich alles über die Vergangenheit der andern. Irene hatte das Gefühl, ihr Leben sei ziemlich problemlos verlaufen. Sie zählte auch die Scheidung von ihrem Mann dazu. „Was willst du? Für jedes dritte Paar eine Scheidung im Laufe des Lebens

gehört doch zur Normalität. Es ist im Gegenteil aussergewöhnlich, wenn Eheleute zwanzig, dreissig, ja gar fünfzig Jahren zusammen bleiben. Wir gingen ohne böse Worte auseinander. Zu unserem Glück waren wir beide der Meinung, dass wir nicht mehr zusammenpassten. Wenn Kinder gekommen wären, hätten wir, auch da waren wir uns einig, eine offene Partnerschaft gewollt."
Renée nickte: „Sehr vernünftig, ich finde das grossartig. Warum nur lässt sich der Mensch dort von Gefühlen leiten, wo sie fehl am Platz sind und auf der andern Seite vom Verstand, wo Gefühle gefragt wären?"
Irene lachte: „Wir sind eben Irrläufer der Evolution. Das ist nicht meine Erfindung, das sagte der Psychologe und Schriftsteller Arthur Koestler. ‚Es besteht eine Kluft zwischen unserem Denken und Handeln, zwischen Wollen und Erreichen, ein Streit zwischenmenschlicher Vernunft und Unvernunft' meint er.
Im übrigen sind sogenannt glückliche Ehen oft ein Selbstbetrug. Ich bin beim Begräbnis von Bekannten und Verwandten oft kopfgestanden, wenn ich beim Verlesen eines Lebenslaufes, geschrieben von der Partnerin oder vom Partner, hören musste, wie glücklich doch die Ehe gewesen sei, und manchmal konnte ich ein Schmunzeln nicht unterdrücken. Einmal hat mich eine Schwägerin gefragt, warum ich so blöd gegrinst hätte. ‚Die Ehe muss da ganz einseitig glücklich gewesen sein', sagte ich nur. Ihren bösen Blick werde ich nie vergessen. Das Sonderbare dabei ist, dass der eine Partner nicht einmal merkt, wie lange der andere schon unglücklich gewesen war."

Renée schüttelte den Kopf: „Warum hatte er das verschwiegen?"
„Frag mich etwas Leichteres. Es gibt viele mögliche Gründe, zum Beispiel Kinder, das Geld, das nicht für zwei Familien gereicht hätte, der Glaube – was Gott zusammengefügt hat, soll der Mensch nicht scheiden – das Gerede der Leute und vieles andere mehr."

Irene begleitete Renée meistens zu den Vorträgen an der Universität. Wenn sie später über das Gehörte sprachen, waren sie nicht immer gleicher Meinung.
Ganz und gar nicht einig waren sie sich über die Sterbehilfe. Irene war überzeugt davon, dass Schmerzen einen tieferen Sinn haben können. Schmerzen tragen zur Reifung des Menschen bei.
Renée musste sich jedesmal zwingen, mit ruhiger Stimme zu sprechen, doch innerlich explodierte sie.

Eines Abends sassen sie am See auf einer Bank, sahen die vorbeigehenden Leute an, machten ein Spiel daraus, zu raten, wie alt diese seien, wie glücklich oder unglücklich, wie schön oder hässlich…?
Eine Frau mit zwei Stöcken quälte sich durch die Spaziergänger. Es war offensichtlich, dass sie Schmerzen hatte, darüber waren sie sich Renée und Irene einig. Wie im Selbstgespräch sagte Renèe:
„Ich kann absolut keinen Sinn in körperlichen Schmerzen sehen."

„Aber es gibt doch Schmerzmittel", antwortete Irene.

„Du glaubst wohl allen Gegnern der Sterbehilfe, bist autoritätsgläubig, wenn ein Arzt behauptet, dass alle Schmerzen bekämpft werden können, das stimmt ganz einfach nicht, verstehst du?"

Und bevor Irene etwas erwidern konnte, fuhr sie fort:

„Es gibt gewisse Nervenschmerzen, die mit nichts, mit absolut nichts zum Verschwinden gebracht werden können. Und überhaupt will ich das verdammte Recht haben, den Giftbecher zu trinken, wenn ich es nicht mehr aushalte."

„Aber..."

„Bitte lassen wir das Thema. Wir werden nie gleicher Meinung sein. Als Mensch am Leiden wachsen ist möglich, aber nur bei seelischem Schmerz und davon haben wir in der Welt gewiss genug. Vor ein paar Tagen war ich bei meiner Grossmutter. Sie ist eine alte Lady, neunundachtzig Jahre alt, mit viel Lebenserfahrung. Du solltest einmal mit mir kommen, wenn ich sie besuche. Sie ist eine jener Alten, die auch junge Menschen lieben können. Als ich sie nach dem Geheimnis fragte, was nach der Pensionierung ihr Ziel gewesen sei, sagte sie: ‚Nur eines, heitere Gelassenheit.' Sie hätte zwar ihr Temperament zügeln müssen wie einen rassigen Gaul, aber nach etwa zehn Jahren sei sie so gewesen, wie sie es sich vorgestellt hatte, und sie glaube, dass diese heitere Gelassenheit ihr auch helfe, nur ganz selten körperliche Schmerzen zu haben."

Irene seufzte und Renée fuhr fort:

„Wenn du religiös wärst, könnte ich ja verstehen, dass du gegen Sterbehilfe bist. Komm' mir ja nicht mit der Weisheit, das Leben an und für sich sei ein grosser Wert. So ein Quatsch. Ich will mir doch nicht sagen lassen, denn das geht gegen jede Vernunft, das Leben eines jahrelang, geschundenen, geschlagenen, hungernden, vor Schmerz schreienden Lebewesen hätte einen Wert."

Eines Morgens, als Renée aufstand, spürte sie einen heftigen Schmerz in ihrer Kehle. Sie öffnete vor dem Spiegel den Mund, schaute mit einer Taschenlampe in ihren Hals, es war jedoch nichts zu sehen, keine Rötung, keine kleinen weissen Tupfe. Also kein Grund, zum Arzt zu gehen. Aber als der Schmerz nach drei Tagen immer heftiger wurde, meldete sie sich beim Notarzt der Firma. Er leuchtete in ihren Hals, stiess mit einem Instrument bis in die hintersten Winkel vor, solange, bis Renée seine Hand stoppte. Sie hätte sich sonst übergeben müssen.

„Ich kann nichts finden", sagte er, „nehmen Sie Schmerzmittel, und wenn der Schmerz nach drei Tagen nicht nachlässt, kommen sie wieder vorbei."

Renée ging ins Büro zurück. Jedes Mal, wenn sie zur Toilette ging, schaute sie in ihren Hals. Nichts! Am Abend dann untersuchte sie mit Daumen und Zeigefinger ihre Zunge. Zwischen den Fingern konnte sie einen erbsgrossen Knoten ertasten. Ihr Herz begann wild zu schlagen, sie eilte zum Telefon. Der Notarzt bat sie, sofort zu ihm zu kommen.

Er tastete so wie sie ihre Zunge ab, machte dann ein freundliches Gesicht und sagte: „Keine Sorge, das ist nur eine Schleimbeutelentzündung. Nehmen Sie Schmerzmittel, bis es vorbei ist, es wird nämlich von selbst verschwinden."
Renée seufzte aus tiefstem Herzen.
„Angst gehabt, es sei Krebs, nicht wahr?"
„Um ehrlich zu sein, ja."

Als Chris nach zwei Wochen aus Asien, wo er verschiedene Länder bereist hatte, zurückkam, berichtete sie ihm von ihrem Schrecken beim Arzt.

„Bist du sicher, dass nicht etwas Gefährlicheres dahinter steckt", fragte er besorgt und schaute ihr mit ernster Miene ins Gesicht.
„Ja bestimmt, sonst wäre dieser Knoten ja nicht schon wieder verschwunden,"

„Weisst du", sagte er, „wir wissen wirklich nicht, wann unsere letzte Stunde schlägt, und darum sollten wir jeden Tag so geniessen – im Rahmen des Möglichen natürlich – als ob es der letzte wäre."
Renée lächelte ihn zärtlich an: „Im übrigen ist es weit gefährlicher, auf die Strasse zu gehen, als an irgendeiner Krankheit zu sterben. Hast du gewusst, dass es weltweit Jahr für Jahr bei Unfällen auf den Strassen und mit der Bahn siebenhundertfünfzigtausend Todesopfer gibt?"
„Das ist zwar Wahnsinn", entgegnete Chris, „und es ist verrückt, das sagen zu müssen, aber sonst wäre das Problem der Überbevölkerung noch viel grösser.

Die Kriege und die Krankheiten vor dem Fortschritt der Medizin wirkten regulierend, es konnte gar keine Bevölkerungsexplosion geben. Der Stärkste überlebte bei den Menschen wie im Tierreich. Ob das gut gewesen ist, ist fraglich. Der ‚Stärkste' war auch der Aggressivste. Versprich mir, dass du sofort zum Arzt gehst, wenn du wieder Schmerzen hast."
Renée hob drei Finger: „Ich schwör es dir."

Irene trat immer mehr Vereinen als Mitglied bei, und liess sich da und dort zur Mitarbeit im Vorstand überreden. Frauenkorbball, Tennis, Sportschwimmen, und zu guter Letzt noch einer politischen Partei.
Da Renée überhaupt keine Freude am Sport hatte, sahen sich die Frauen immer seltener. Heimlich befasste auch sie sich mit der Politik, konnte sich aber nicht entschliessen, einer Partei beizutreten. Sie wäre viel zu unentschlossen gewesen. Sie wollte sich nicht festnageln lassen, nur die Meinung einer Partei zu vertreten. So blieb es beim Besuch von Versammlungen und Vorträgen, die die Parteien öffentlich ausschrieben.

Chris lachte, als Renée ihm sagte, neuestens interessiere sich Irene für die Politik.
„Ist doch nicht zum Lachen", sagte Renée. „Sovieles, was wir tun oder tun müssen, hat den Ursprung in der Politik, also muss ich doch wissen, um was es geht, einverstanden?"

„Ja selbstverständlich", erwiderte Chris, „wir müssen froh sein um jede Frau und jeden Mann, die Zeit dafür opfern, aber Bescheid wissen ist doch etwas anderes. Jeder Bürger kann sich nach eigenem Gutdünken orientieren, zum Beispiel durch Zeitungslektüre."

Nach fünf Wochen flog Chris nach Amerika.
„Zwei bis drei Monate", hatte er gesagt, pass auf dich auf!"
Renée hatte ihn zum Flughafen begleitet und gewartet, bis er durch den Check-in gegangen war. Davor standen sie zwischen sich drängenden Menschenmassen, die sie gar nicht beachteten. Wie im Traum liessen sie sich schieben. Chris hatte den Arm um Renées Schultern gelegt, sie umfasste seine Hüften und fast ununterbrochen küssten sie sich.
„Hey", rief ein junger Mann, „geht's direkt in den Honeymoon? Schon ein bisschen alt, die Braut."

Renée und Chris drehten sich um und lachten. Eine alte Frau schüttelte den Kopf, Missbilligung in ihren Augen.
Sie liessen sich dadurch nicht stören und lösten sich erst aus ihrer Umarmung, als Chris seinen Koffer auf das Rollband stellte.

„Und jetzt?" fragte sich Renée. Chris war bald weit weg und Irene hatte sich zur engagierten Politikerin gemausert. Sie war fast pausenlos unterwegs.
„Ich muss etwas finden für die freie Zeit, die ich jetzt in Hülle und Fülle zur Verfügung haben werde", sagte sie sich. Kurz entschlossen ging sie zum Flughafen- Bahnhof, kaufte sich eine Tages-

karte, setzte sich dann in den Zug, der nach Genf unterwegs war. Sie hatte vor ein paar Wochen in dieser schönen Stadt ein paar Tage mit Chris verbracht. Sie hatten tage- und halbe Nächte lang geredet und geredet. Sie hatte zu Chris gesagt, er sollte sich mit seiner Zukunft auseinander setzen, sie habe manchmal Angst, dass er später „die verlorenen Jahre mit ihr" bereuen würde.

„Bitte sag jetzt nicht, ich soll keinen Blödsinn reden", hatte sie gesagt, als er den Mund zum Protest öffnete, „denk mal ernsthaft darüber nach, was du dir früher von deinem Leben erwartet hast. Kinder? Familie? Wir haben noch nie darüber gesprochen, weil wir so sehr mit uns selbst beschäftigt waren. Manchmal habe ich Angst, dass du plötzlich denkst, ich sei zu alt für dich."

Chris hatte lange nachgedacht, bevor er antwortete: „Natürlich habe ich auch schon darüber gegrübelt, aber ich kann mir mein Leben ohne dich einfach nicht vorstellen."

Als sie aus dem Zug stieg, war sie froh, am Morgen gutes Schuhwerk angezogen zu haben. Sie ging zu Fuss durch die Stadt, und als sie müde war, setzte sie sich am See auf eine Bank. Es war ein wundervoller Tag, der See glänzte silbern im Sonnenschein. Es schien ihr, als wären alle Menschen der Stadt unterwegs, um sich zu vergnügen, oder sie wären gezwungen worden, den Tag zu geniessen. Dieser, ihr zugeflogene Gedanke spann sie weiter. Gab es Menschen, die gar nicht merkten, dass ihnen ihr Leben wie Sand durch die Finger rieselte? Auf einmal sind sie alt und fragen sich: ‚War's das wirklich? Kann das alles gewesen sein?' Und erst dann wollen sie anfangen, zu leben, *bewusst* zu leben, aber den wenigsten gelingt dieser Neuanfang. Zeit, die vergangen ist, kann nicht zurückgeholt werden, nie mehr kann es so sein, wie es gewesen wäre, wenn..., weil die Menschen, die damals unser Glück hätten sein können, nie wiederkehren. Es bleibt nur noch der Traum vom Glück und dieser Traum wiederum hindert die Menschen daran, es dennoch zu wagen, glücklich zu sein.

Renée dachte an ihr Leben, bevor sie Chris begegnet war. Sie hatte schon resigniert, hätte sie aber die Schranke der Konventionen nicht übersprungen, hätte sie nicht gewagt, glücklich zu sein, was wäre jetzt mit ihr? ‚Dann möchte ich lieber nicht mehr am Leben sein', dachte sie. Wenn sie sich damals nicht gegen den Bannstrahl ihrer Mutter aufgelehnt hätte, wäre sie jetzt tot, auch wenn sie noch lebte.

Sie hatte nur noch selten Kontakt mit ihrer Mutter, telefonierte immer nur kurz mit ihr. Früher hatte sie oft stundenlang am Draht gehangen. Mutter wollte den genauen Tagesablauf von ihr wissen und quatschte sie mit dem ihrigen voll. Fast keine Viertelstunde liess sie aus. Renée fragte sich manchmal, wie sie das überhaupt ausgehalten hatte. Im Nachhinein wusste sie nun, dass sie als Tochter ein Ersatz ihrer Mutter war für den Ehemann, der sie nicht mehr liebte. Oder hatte er sie gar nie geliebt und war sie deshalb zu dem geworden, was sie jetzt war?

Renée hatte ein paar Mal versucht, mit Vater und Mutter darüber zu reden. Vater hatte offensichtlich keine Lust dazu und Mutter log, dass doch alles zum Besten stehe.

Renée besuchte die Eltern nur noch selten, seit sie mit Chris zusammen war. Sie widerstand der Hartnäckigkeit ihrer Mutter, die sie immer und immer wieder fragte, weshalb sie denn an den Sonntagen nicht mehr nach Hause komme. Erst drei Monate später gab sie zur Antwort, dass, sie einen Freund habe. Und dann ging's los: „Wer ist er, wie ist er, ist er reich, hat er eine gute Stelle, verkehrt er in gehobener Gesellschaft..." Es war ganz einfach zum Kotzen. Chris lachte zwar schallend, als Renée es ihm erzählte und schlug vor, dass er sie am nächsten Wochenende begleiten werde. „Sag ihr aber vorher nichts, es soll die perfekte Überraschung sein."
Das war sie dann auch. Renées Mutter musterte den jungen Mann an der Seite ihrer Tochter von oben bis unten, als sie vor der Haustüre standen, und sie konnte es nicht unterlassen zu gifteln: „Hast du einen Lehrling mitgebracht?" was zur Folge hatte, dass Chris vor Lachen explodierte.
„Nein", hatte Renée erwidert, „das ist mein Freund und er bedeutet für mich alles Glück der Welt."
Ihre Mutter stotterte: „Das kannst du doch nicht..., kannst du..." Renée fiel ihr ins Wort: „Sei still, sei bitte augenblicklich still oder du siehst mich nie wieder!"
Sie streckte ihre Hand nach Chris aus: „Komm, ich zeige dir, wo ich zur Schule gegangen bin." Sie hörten noch wie die Haustüre zugeknallt wurde und spazierten dann eng umschlungen durchs

Dorf, so dass viele Bekannte nicht ganz sicher waren, ob das nun Renée sei, sich umdrehten, was Chris ungemein amüsierte und er ihnen dann zuwinkte.

Renée besuchte nachher ihre Mutter nur noch selten, und verbot ihr, Chris zu erwähnen.

Chris hatte Renée nie sehr viel von seinem früheren Leben erzählt. Wenn sie ihn nach seiner Kindheit gefragt hatte, sagte er nur, das, was er aus der Kindheit mitbekommen habe, seien nur Erinnerungsfetzen. Die Krankheit seiner Mutter habe ihn wahrscheinlich dazu gebracht, das meiste zu vergessen – er habe vergessen *wollen*. Gute, schöne Erinnerungen gingen nur in seine früheste Kindheit zurück, wenn er mit Vater und Mutter in die Ferien ins Tessin gefahren sei.

„Und die Schulzeit?" hatte Renée gefragt.

„Die Schulzeit war gut. Ich hatte während der ersten drei Jahre eine ausgezeichnete Lehrerin, mit viel Gefühl und Fürsorge. Sie wusste vom Leiden meiner Mutter. Oft hat sie mir liebevoll über den Kopf gestrichen, und sie hat mich eingeladen, den einen oder andern freien Nachmittag bei ihr zu verbringen. Das waren schöne Nachmittage. Ich war sehr wissbegierig, habe die vielen Bücher mit Bildern durchgeblättert und ihr immer wieder Fragen gestellt. Später dann, als ich gut lesen konnte, vertiefte ich mich in die Weltkarten, die sie besass, lernte in meiner Fantasie ferne Länder kennen, interessierte mich für Geschichte und Erfindungen. Diese Lehrerin blieb für mich eine Freundin, bis ich zur Uni ging.

Aber auch nach der dritten Klasse ging ich immer gern in die Schule, und ich hatte tatsächlich nicht einen einzigen schlechten Lehrer. Den Rest weisst du ja."

Renée hatte die Zeit vergessen, während sie so in Gedanken versunken am See sass. Sie hörte das Schreien der Möwen, die sich um irgend etwas zankten, draussen auf dem Wasser. Immer mehr der weissen Vögel flogen zum „Kampfplatz", die Luft war von ihrem Lärm erfüllt.

Ganz plötzlich kam Wind auf. In den Bäumen dem Ufer entlang rauschten die Blätter, Böen strichen über den See, wühlten das Wasser auf, das immer heftiger gegen den Schiffssteg klatschte. Die Möwen flogen wie Blätter mit dem Wind über den See. Sie hörte fernes Donnergrollen.
Sie hatte grosse Angst vor Gewittern. Nichts und niemand konnte ihr diese Angst nehmen. Sie lief zum nächsten Taxistand, bat den Fahrer, sie zum Bahnhof zu bringen.
Sie fuhr zurück nach Zürich, wo sie ebenfalls mit einem Taxi in die Bar „Chez Robert" fuhr. Es war aber zu früh, Bekannte zu treffen. Sie setzte sich an einen Tisch in der Nähe des Pianos, bestellte ein Glas Weisswein.
Die Bardame war neu, Renée hatte sie noch nie gesehen. Sie war schön. Renée dachte darüber nach, weshalb ihr diese Frau auf Anhieb sehr sympathisch war, aber sie konnte sich die Frage nicht beantworten.
War es ihr freundliches Lachen, als sie das Glas vor sie hinstellte, oder war es ein Hauch Vor-

nehmheit, die sie ausstrahlte? Sie hatte keine Zeit mehr, darüber nachzudenken, denn sie kam an ihren Tisch, hielt ihr die Hand hin und sagte: „Ich bin Ria".

Renée nahm die Hand mit einem festen Händedruck: „Und ich bin Renèe."

„Darf ich mich an deinen Tisch setzen?" Renée nickte, dachte aber gleichzeitig darüber nach, was sie mit einer wildfremden Frau reden sollte. Fragen stellen! Fragen öffnen einem offenen Menschen den Mund. Also fragte sie: „Bist du fest angestellt oder nur eine Aushilfe?"

„Fest", antwortete Ria, „aber nur für drei Monate. Ich habe Semesterferien und muss etwas Geld verdienen, wenn ich überleben will. Aushilfsweise werde ich aber immer hie und da anwesend sein."

Renée lachte: „Überleben? Was studierst du?

„Medizin, im letzten Semester."

„Ach..." Renée sagte nur dieses „Ach" und schwieg dann. Sie wusste noch nicht, was dieses „Ach" für sie einmal bedeuten würde.

Zwei Männer setzten sich an die Bar, bestellten Drinks, „Self Creation Ria".

Renée lachte: „Das ist wohl deine Erfindung, welche Wässerchen hast du zusammengebraut?"

Ria hielt ihren Zeigefinger an die Lippen: „Bssst".

Diese zwei Männer glaubten wohl, Bardamen wären eher eine billige Sorte Frau.

Nach dem zweiten Drink wurden ihre Sprüche derber, ihre Worte anzüglicher. Renée kochte vor Wut. Sie ging zur Toilette und nachher durch die

Küche in die Bar. Nun stand sie selbst den beiden Gästen gegenüber.
Sie flüsterte Ria etwas ins Ohr, nahm ein Mineralwasser vom Gestell, goss es sich ein und sagte:
„Ich bin die Chefin und ich mag es nicht, wenn mein Personal auf so billige Art angequatscht wird. Sie müssen wohl fremd sein hier?"
Renée wusste nicht, auf was sie sich einliess, doch sie hatte Glück. Der grössere der Männer machte mit seinem Kopf eine Bewegung zur Tür, der kleinere warf, einen unverständlichen Fluch murmelnd, einen Schein auf den Tresen, und sie waren verschwunden.

Renée hatte wieder eine Freundin, nachdem Renate und Ingrid verschwunden waren.

Kurz darauf kam Robert. Ria berichtete ihm, was vorgefallen war. „Hab' ich etwas falsch gemacht"? fragte Renée.
Robert schüttelte den Kopf: „Nein, im Gegenteil, auf solche Gäste kann ich verzichten."

Gegen sieben Uhr kamen die Stammgäste, entweder für einen Drink oder für eine kleine Mahlzeit.
Reto, den Renée nach dem Psychologiekurs nur noch selten gesehen hatte, betrat die Bar, blieb eine Weile unter der Türe stehen. Als er Renée allein an einem Tisch sitzen sah, kam er mit federnden Schritten zu ihr, fragte, ob er sich setzen dürfe und wo Chris sei.
„Drei Monate weg", antwortete Renée, „geschäftlich."
„Und du ganz allein?"

„Oh nein, ich habe viele Kollegen und Kolleginnen."
„Und du willst auf ihn warten?"
„Ja, natürlich, werde ich warten, was denkst du denn?"
Er zuckte die Schultern: „Drei Monate sind lang."
Renée schwieg, nippte an ihrem Glas.
„Was ist es, mit Chris?"
Sie setzte ihr Glas ab: „Es klingt geschwollen, aber für uns ist es die grosse Liebe."
Reto lachte: „Das gibt es nur in Romanen und meistens endet diese grosse Liebe tragisch."
„Du kannst ihr ja einen andern Namen geben, zum Beispiel eine ganz tiefe Beziehung."
Reto sah sie fragend an: „Was ist der Unterschied?"
„Die seelische oder geistige oder was weiss ich was für eine Bindung ist tiefer als nur sexuelle Anziehung. Und die Beziehung hält nur so lange, wie sie täglich neu begonnen wird."
„Vielleicht hast du recht. Vermutlich ist das den meisten Paaren zu anstrengend, und wenn die Sexualität einschläft, ist der andere nicht mehr interessant."
„Du sagst es. Ich gehe jetzt nach Hause, vielleicht sehen wir uns ein andermal, tschüss."
Reto wollte sie überreden, noch eine Weile zu bleiben, aber sie hatte heute keine Lust zu diskutieren.

Jeden Abend las sie vor dem Schlafengehen in irgend einem Buch. Sie hatte die Gewohnheit angenommen, sich zuerst zu fragen, auf was sie Lust hatte. Auf Unterhaltung, auf Lyrik, auf Sachbücher?

Einmal pro Woche ging sie zu „Chez Robert", unterhielt sich dort mit Ria, wenn diese Zeit hatte, oder mit anderen Gästen, die sie kannte.

Eines Abends, Chris war schon sechs Wochen weg, fragte sie eine Frau, die sie nicht kannte, nach Renate.

„Sie ist jetzt in Amerika, ich bekam von ihr nur eine einzige Ansichtskarte."

„Ich kenne sie", sagte die Frau, die Renée etwa vierzig Jahre alt schätzte. Sie hatte kurz geschnittenes Haar, eine sehr braune Haut und war etwas grösser als Renate.

„Waren Sie, ach sagen wir uns doch du, ich heisse Renée und du?"

„Katharina", sagte sie. „und ich lege Wert darauf, dass ich so heisse und nicht Käthi oder Kati, sondern eben Katharina."

Die neue Offenheit und Ehrlichkeit, die sie von Chris gelernt hatte, liess sie sagen: „Bist du auch bei andern Dingen so pingelig?"

Sie zuckte die Schultern: „Nein, eigentlich nicht, aber ich habe einen geliebten Menschen verloren, der mich so nannte."

„Ach, Entschuldigung", Renée sah ihr Gegenüber mitfühlend an, „war es sehr schlimm?"

Katharina senkte den Kopf: „Ja. Wir wollten heiraten, er starb bei einem Autounfall. Aber ich wollte mit dir nicht über mich sprechen. Ich werde nur ein paar Tage hier sein. Renate hat mich gebeten, von ihr zu erzählen, denn sie hat ein schlechtes Gewissen, weil sie so lange nichts hatte hören lassen."

„Da bin ich aber gespannt. Wie geht es ihr?"

„Jetzt geht es ihr gut, sehr gut sogar. Wie du weisst, ging sie mit einer Depression nach San Francisco.

Ich lernte sie in der Aula der Universität kennen. Ich war damals in der Universitätsbibliothek beschäftigt und ging jeweils zum Lunch in die Aula. Sie sass immer am gleichen kleinen Tisch mit nur einem Stuhl. Sie suchte offensichtlich keinen Kontakt. Als ich sie eines Tages einlud, mit mir am Abend zu einem Drink in irgend einem Lokal mitzukommen, sagte sie zu.

Sie erzählte nicht viel von sich. Sie wollte sich in der Universität als Studentin einschreiben lassen, damit sie für längere Zeit in Amerika bleiben konnte. Und als sie mir das gesagt hatte, liefen Tränen über ihre Wangen. Ich dachte nichts anderes, als dass sie eine gescheiterte Liebesbeziehung hinter sich hätte.

Nach diesem ersten Abend trafen wir uns regelmässig, wenn beide von uns zu gleicher Zeit frei waren."

Katharina stockte, rührte gedankenverloren mit dem Plastikstäbchen in ihrem Drink und fuhr dann fort: „Es war unheimlich schwer, an sie heranzukommen. Sie wollte nicht über sich reden, so verging die Zeit, die wir zusammen waren oft mit nichtssagendem Gequatsche.

Nach etwa einem halben Jahr kam sie einmal nicht zu unserer Verabredung. Es war Mittag, ich rief sie an, aber niemand antwortete. Irgend etwas in mir zwang mich, die Polizei anzurufen. Sie sagten mir, sie würden nachsehen, ob ich Zeit hätte, in die Wohnung Renates zu kommen. Als ich dort

ankam, war die Türe schon von der Polizei aufgebrochen und das Krankenhaus benachrichtigt worden. Selbstmordversuch mit Medikamenten."
„Oh Gott!" sagte Renée.
Katharina nahm Renées Hand, die auf dem Tisch lag.
„Manchmal sind Unglücksfälle unser Glück", sagte sie, „nicht für mich, aber für Renate. Sie hat sich immer strikte geweigert, zu einem Psychiater zu gehen..."
„Ja, ich weiss" unterbrach Renée sie, „ich hatte oft das Gefühl, dass sie Erlebnisse aus ihrer Kinder- und Jugendzeit in der hinterste Ecke des Unterbewusstseins vergraben hatte."
„Darum sage ich, sie hätte Glück gehabt. In unseren Spitälern werden Menschen, deren Diagnose Selbstmordversuch lautet, automatisch einer psychiatrischen Behandlung unterzogen".

„Das ist bei uns auch so", sagte Renée, „ist die Wurzel ihres Übels aufgedeckt worden?"
„Ja, aber es hat lange gedauert, viele Tränen hat sie vergossen, bis das Eis, das sie wie einen Panzer um ihre Seele trug, geschmolzen war."
„Und jetzt?"
„Um es kurz zu machen, sie war von ihrem Vater sexuell missbraucht worden, doch der war so schlau, dass er es nicht mehr tat, nachdem er sich erkundigt hatte, wie weit das Erinnerungsvermögen des Menschen an die früheste Kindheit zurückreicht. Renate hatte auch insofern Glück, als die Behandlung von einer Frau durchgeführt worden war, sie heisst Alice und ist ausserordent-

lich einfühlsam, *wollte*, dass Renate ein glücklicher Mensch wird."
Renée sah auf die Uhr. „Ich muss gehen, ich möchte aber die Geschichte zu Ende hören."
„Ich bin aber nur noch zwei Tage hier", sagte Katharina.
„Renée dachte eine Weile nach: „Gut, ich nehme morgen frei, dann haben wir den ganzen Tag für uns."

Sie trafen sich um zehn Uhr in einem kleinen Café etwas ausserhalb der Stadt. Nachdem die Kellnerin zwei Kaffeetassen und kleine Brötchen auf ihren Tisch gestellt hatte, nahm Katharina den Faden vom vorigen Abend wieder auf: „Schritt für Schritt führte Alice Renate in die Vergangenheit zurück. Renate nahm alles in sich auf, sagte aber während der Sitzungen fast nichts. Zuhause in ihrer kleinen Studentenabsteige dachte sie dann stundenlang darüber nach, was sie aufgenommen oder noch nicht verstanden hatte. Eines Abends fragte die Psychologin sie, ob sie mit ihr zu einer kleinen Party in ihrem Haus mitkäme, und sie sagte zu. Dort waren die Gäste, drei Männer und fünf Frauen, schon intensiv am Diskutieren, Gläser mit Sekt in ihren Händen. Alice stellte ihnen Renate vor und drückte ihr ein volles Glas in die Hand. Sie sagte mir nachher, „an diesen Gläsern kann man sich so gut festhalten, niemand sieht die Verlegenheit, die man selbst spürt."

Katharina nahm einen Schluck des fast kalten Kaffees, biss in ein knuspriges Brötchen, sprach kauend weiter, als ob sie sonst etwas vergessen könnte: "Eine meiner Freundinnen war auch dort. Sie erzählte mir nachher folgende Geschichte: ‚Ich ging zu Renate hin, stellte mich als Lucie vor. Zwischen unseren Händen, Augen, dem ganzen Nervensystem sprühten unsichtbare Funken. Ich hatte so etwas noch nie erlebt, obwohl ich schon oft kleine Liebeleien mit Frauen gehabt hatte. Renate blickte hilfesuchend zu Alice. Sie kam zu uns, lächelte und bat uns, von dem inzwischen aufgebauten Buffet Essen zu holen, damit sie nicht nach einer Woche noch Resten übrig habe. Als wir unsere Teller mit Fisch und Fleisch und Salaten füllten, drängte sie sich zwischen mich und Renate, flüsterte mir ins Ohr, sie möchte mich sprechen. Ich folgte ihr in die Küche, wo sich niemand aufhielt. ‚Ich habe gesehen, wie du auf Renate reagiert hast. Du musst ganz behutsam mit ihr umgehen, ihr ist eingehämmert, buchstäblich eingehämmert worden, von Eltern und Schulkameraden, wie pervers, wie abscheulich, abnormal, ekelhaft Frauen, doch wären, die Frauen liebten.' Ich beruhigte Alice, dass ich das ganz bestimmt tun würde."

Ich schüttelte den Kopf: "Das passt doch überhaupt nicht zu Renate. Sie war doch sehr früh selbständig, selbstbewusst, machte immer, was sie wollte."

Katharine zuckte die Achseln: "Sie hat sich zuwenig gegen die Macht der Sachverständigen gewehrt. Wahrscheinlich wusstest du nicht, dass sie sich verbissen in die Tiefenpsychologie vertieft hat, sie las jedes Buch von und über Freud, und Jung, ach, einfach alles."

„Also hat sie eine Ersatzreligion daraus gemacht?"
„Ja, sie ist ‚gläubig' geworden. Jetzt ist sie glücklich mit Lucie, sehr glücklich. Als sie hörte, dass ich die Schweiz besuchen würde, hat sich mich gebeten, dich aufzusuchen. Vielleicht würdest du dich über ihr Glück freuen."
„Sag ihr, dass ihr Glück mich glücklich macht, und sag ihr, dass Chris und ich immer noch sehr innig verbunden sind."

Nach seinem dreimonatigen Auslandaufenthalt blieb Chris für ein halbes Jahr in der Schweiz. Nebst den vielen Stunden, die er im Geschäft verbrachte, es ging um eine elektronische Neuentwicklung, die er erfunden hatte, war er während der freien Zeit immer da für Renée.
Renée wusste zwar, dass er nach zehn bis zwölf Stunden Arbeit liebend gern zu Hause blieb, um sich auf dem Sofa zu räkeln, entweder ganz einfach nichts tat oder sich nebst den neuesten Nachrichten irgend eine romantische bis kitschige Sendung im Fernseher ansah.
Manchmal kuschelte sie sich in seinen rechten Arm – es war immer der rechte – oder ging mit einem Buch ins Schlafzimmer. Sie konnte ganz einfach nicht lesen und dabei mit Gerede berieselt werden. Wenn sie es einmal tat, ärgerte sie sich nachher darüber. Von der Fernsehsendung hatte sie nur bruchstückhaft etwas mitbekommen und wenn sie fünfzig Seiten gelesen hatte, wusste sie nicht mehr was, musste am nächsten Tag alles nochmals lesen.

Am Wochenende arbeitete Chris nur, wenn es nicht anders ging, wenn etwa ein Kunde sich für die Neuerfindung interessierte oder seine Mitarbeiter unbedingt arbeiten wollten.

Wenn er nicht arbeitete, liess er immer Renée wählen, was sie unternehmen sollten. Am liebsten war ihr ein schönes Abendessen in einem Lokal, wo in später Stunde noch getanzt wurde. Im Tanzkurs hatten sie so viele neue Schritte gelernt, aber eher selten praktisch angewendet. Oft lachten sie zusammen, wenn er oder sie nicht mehr ganz im Takt war. Sie lachten und führten einander die Schritte vor auf offener Tanzfläche, zum Amüsement der andern Gäste.

Wenn Renée und Chris an ihre Plätze am Tisch zurückkehrten, wunderten sie sich oft, wie Paare, sich so ungemein gelangweilt auf der Tanzfläche vorwärts schoben. Er sagte kein Wort, sie sagte kein Wort, sie bewegten sich wie Automaten. Nur selten sang ein Tänzer oder eine Tänzerin mit, wenn alt bekannte Hits der Beetles, der Rolling Stones oder auch eines Schweizer Rock Stars gespielt wurden. Chris sang immer mit, auch Renée hatte bald die Hemmschwelle überwunden. Sie hatte eine schöne, rauchige Stimme.

Chris wurde von der Firma beauftragt, die Neuentwicklung, die er zusammen mit Ingenieuren und *einer* Ingenieurin erarbeitet hatte, zu vermarkten. Das hiess noch mehr Auslandaufenthalte, noch mehr und noch länger getrennt von Renée. Sie entschloss sich daher, so zu arbeiten, dass sie ihn öfter begleiten konnte. Sie konnte dies aber nur tun, wenn sie innerhalb der Firma den

Job wechselte, und das hiess langweiligere Arbeit annehmen. Aber eigentlich war ihr das egal. Die Reisen in andere Länder betrachtete sie als Bereicherung ihres Lebens. An erster Stelle stand Chris, sie nutzte jedoch die Zeit, Sprache und Kultur einiger Länder kennen zu lernen.

Fast den ganzen Tag im Bett verplempern, im Hotel mit einem Drink an den Swimmingpool zu liegen war lustig für ein paar Tage, doch nachher studierte sie in Büchern die Sehenswürdigkeiten des Landes, in dem sie gerade wohnten und kaufte sich ein Wörterbuch, damit sie sich, wenn auch rudimentär, mit den Einheimischen verständigen konnte und sei es nur, um nach dem Weg fragen zu können.

Chris raufte sich manchmal die Haare, wenn sie ihm am Abend erzählte, wo sie gewesen war.

„Weißt du auch, wie gefährlich das ist? Du hättest von einer Schlange gebissen werden können."

Dann umarmte sie ihn und sagte: „Von einer Schlange gebissen werden ist viel unwahrscheinlicher, als mit dem Bus zu verunglücken."

Fast in allen Ländern Asiens war der Verkehr in den Städten und über Landstrassen überaus dicht. Schon oft hatte Renée die Augen geschlossen, wenn der Bus geradeaus auf einen entgegenkommenden Lastwagen, Bus oder – es kam vor – einen Ochsenkarren zugesteuert war. Und jedes Mal, war sie erstaunt, dass sie noch lebte, wenn sie die Augen wieder öffnete.

Eines Abends sass sie am Meer in Bali. Das Hotel, in dem sie jeden Luxus geniessen konnten, stand unweit des Strandes in einem Palmenhain. Die

Sonne ging unter, war in ein paar Minuten verschwunden und bald schimmerte der Sternenhimmel. Sie erinnerte sich an Kants Worte: „Zwei Dinge erfüllen mein Gemüt mit immer neuer und zunehmender Bewunderung und Ehrfurcht... : Der bestirnte Himmel über mir und das moralische Gesetz in mir...der erstere Anblick einer zahllosen Weltenmenge vernichtet gleichsam meine Wichtigkeit als ein tierisches Geschöpf...Der zweite erhebt hingegen meinen Wert als einer Intelligenz, in welcher das moralische Gesetz mir ein von der Tierheit und selbst von der ganzen Sinnenwelt unabhängiges Leben offenbart..."

Sie war erfüllt von der Schönheit dieses Fleckens Erde.

An die unschönen Dinge, Krieg und Hunger mochte sie nicht denken.

Auf einmal hörte sie Chris' Stimme. Er rief nach ihr.

„Hier bin ich, am Strand, komm doch her!"

„Ich habe dich gesucht", sagte Chris, „um dich muss ich mich immer ängstigen, weiss nie, welche Abenteuer du wieder im Schilde geführt." Sie streckte den Arm aus: „Komm her mein Beschützer und lass dir es hier gut gehen."

„Bist du unter die Poeten gegangen?" Chris setzte sich in den Sand, Renée zog seinen Kopf auf ihren Schoss, und so blieben sie dort die halbe Nacht sitzen. Renée schaute zu den Sternen auf von tiefem Frieden erfüllt, Chris schlief ruhig wie ein Kind auf ihrem Schoss.

Das war während fast zwei Jahren ihr Leben. Glückliche Jahre, wirklich glückliche Jahre für sie beide.

Als sie aus Indonesien zurückkamen und Renée wieder ins Büro ging, liess der Chef sie noch am gleichen Tag rufen. Sie sollte eine andere Stelle und Stellung im Betrieb übernehmen und zwar im Schulungszentrum für Firmenmitarbeiter – auch weltweit.

Diese Arbeit lockte sie ungemein. Sie wusste, dass Chris nichts dagegen haben würde. Der Chef war sehr erfreut, als sie am andern Tag zusagte.

Chris flog zwei Monaten später nach Südafrika. Während der zwei bis drei Monate, die er weg war, hatte Renée genügend Zeit, sich in die neue Arbeit einzuarbeiten.

Eines Abends, auf dem Weg zum Bus, spürte sie wieder einen Knoten in ihrer Zunge, aber er war nicht am gleichen Ort, wie der entzündete Schleimbeutel gewesen war. Diesmal war er an der linken Kante. Sie dachte an Chris, dem sie einmal versprochen hatte, sie würde alle Vierteljahre zu einer Blutkontrolle zu ihrem Hausarzt gehen.

Jeden Morgen prüfte sie ihre Innenbacken und ihre Zunge. Das Knötchen verschwand nicht.

Zwei Wochen bevor Chris nach Zürich zurückkehrte, an einem Freitag, suchte sie Sven auf, ihren Arzt. Er nahm verschiedene Proben aus der Schleimhaut ihre Mundes und der Zunge und sagte ihr, die Resultate würden in etwa einer Woche vorliegen.

Nach zehn Tagen rief Sven in Renées Büro an: „Die Resultate sind da, kannst du am Abend vorbeikommen?"

Als er ihr die Tür zur Praxis öffnete, war sein Gesichtsausdruck sehr ernst. „Wann kommt Chris zurück?" fragte er.
„In vierzehn Tagen, warum?"
Sven setzte sich ihr gegenüber auf einen Stuhl, nahm ihre Hände in die seinen und seufzte tief: „Es ist bösartig, das in deiner Zunge, wir müssen operieren, dann ist es schon vorbei, wenn Chris kommt."
Renée starrte ihm in die Augen: „NEIN!"
„Was, nein?"
Vor ihren Augen tanzten glasige Punkte. „Sag' dass es nicht wahr ist!" Sie hämmerte mit der Faust auf seine Brust, schrie: „Sag es!"
Sven schüttelte traurig den Kopf.
„Du weißt genau, was das bedeutet, ich danke dir, dass du den ganzen Befund nicht verharmlost. Schmink dir das mit einer kleinen Operation ab, in meinem Gesicht wird innen und aussen nichts zerschnitten!" Nicht Trauer, eine unbändige Wut war in ihr drin, sie hatte Lust, Sven die ganze Praxis zu demolieren. Ihre Hände ballten sich zu Fäusten.

Sven presste die Lippen zusammen, er wusste nur, was es bedeuten *könnte,* wenn operiert wurde, wusste aber, auch, dass Renée sich ganz genau über die Konsequenzen einer Operation erkundigen würde.

„Verzeih", sagte Renée, „ist nicht deine Schuld. Ich will, dass du niemand ein Wort davon sagst, ich berufe mich aufs Arztgeheimnis."
Sie stand auf: „Danke, Sven, für dein Verständnis," sagte sie und lief dann stundenlang durch die Stadt. „Warum, verdammt nochmal, können andere zehn, zwanzig, dreissig Jahre lang glücklich sein und mir ist nur ein Glück von vielleicht fünf Jahren beschieden?"

Sie ging zu Ria in die Bar. Es waren noch keine Gäste dort. Renée bestellte Whisky. Ria machte ein verdutztes Gesicht: „Bist du sicher? Es ist nachmittags, nicht morgens fünf."
Renée sagte mit einer müden Handbewegung: „Gib her!" ‚Ich muss ihr irgend etwas erzählen', dachte sie, ‚sie merkt doch, dass mit mir etwas nicht stimmt.'

Ria stützte ihre Ellbogen auf den Tresen, legte den Kopf zwischen die Hände, sah Renée forschend an.

„Kennst du", fragte Renée nach einer Weile, „kennst du jemand, der Gesichtskrebs oder Krebs im Mund hat oder hatte?."
Rias Augen vergrösserten sich in stummem Schrecken, doch bevor sie etwas sagen konnte, kam ihr Renée zuvor: „Es ist jemand, der mir sehr nahe steht, eine Tante, die ich sehr liebe."
„Wie alt?"
„Fünfundfünfzig, gut aussehend", murmelte Renée.

„Ich habe während meiner Praktika verschiedene Krebskranke gesehen", sagte Ria, „und ich denke, wenn die Gesichtsnerven durchtrennt werden müssen, ist dies einer der schrecklichsten Eingriffe."
„Würdest du operieren lassen?" Renée sah Ria durchdringend an.
„Nein" sagte diese, ohne Zögern.

Renée blieb am Tresen sitzen bis die ersten Gäste kamen, plauderte belangloses Zeug mit Ria, auch darüber, dass Ria bald wieder an die Universität zurückkehren werde.
„Ich werde dich vermissen", sagte Renée.

„Du wirst mich nicht stark vermissen müssen, ich bleibe in Zürich und zwar nicht nur bis zum Abschluss. Sehr wahrscheinlich werde ich in einer Praxisgemeinschaft arbeiten – falls ich nicht bei der Prüfung durchfalle."
„Du? Du bestimmt nicht!"

Sie küssten sich wie immer als Renée sich verabschiedete: Rechte Wange, linke Wange, rechte Wange.

Als Renée in ihre Wohnung kam, focht sie mit sich selbst einen Kampf aus. Wie sollte sie sich Chris gegenüber verhalten? Konnte sie so gut Theater spielen, dass er nichts merkte? Sollte sie ihm sagen, sie liebe ihn nicht mehr, ihn verlassen? Sie wusste, dass sie das nicht konnte. Sie würde einfach so lange schweigen, bis ihre seelische Kraft aufgebraucht war.

Sie setzte sich vor den Fernseher, trank Wein, bis sie einschlief. Am Morgen meldete sie sich krank im Büro.

Sie setzte sich in Chris' Auto, fuhr planlos durch Dörfer, an Seen vorbei, an Flüssen und durch Wälder, ohne anzuhalten.
Als sie zum ersten Mal auf die Uhr schaute, war es ein Uhr mittags. Trotz des Würgens im Hals verspürte sie Hunger. Sie hielt bei der nächsten Gastwirtschaft an, den Namen des Dörfchens hatte sie nirgends gesehen.
Das Restaurant war hell und liebevoll mit Blumensträusschen auf den Tischen geschmückt. Zwei ältere Männer klopften einen Jass am Tisch beim Fenster.
Als Renée sich gesetzt hatte, kam die Wirtin zu ihrem Tisch, hielt ihr die Hand zum Gruss entgegen. Renée hatte gar nicht mehr gewusst, dass dieser Gruss auf dem Lande noch gang und gäbe war. Sie wollte die Hand zurückziehen, doch die Wirtin hielt sie fest. Und seufzte leise. Renée hob fragend ihre Brauen: „Was ist? Ich hätte gerne das Tagesmenü gegessen."
„Ach, entschuldigen Sie", murmelte die Frau und brachte ihr in kürzester Zeit das Gewünschte und ein Glas Weisswein. Braten, Kartoffeln und das Gemüse auf dem Teller waren zum Essen zu heiss. Deshalb schaute sie sich in der Gaststube um. An den Wänden hingen rund um den Raum, Stück an Stück Kalendersprüche. Sie las ein paar davon, ass dann vom köstlichen Braten, ein wenig Bohnen und etwas Bratkartoffeln. Nach der Hälfte musste sie aufgeben.

Auf die Frage der Wirtin, ob es denn nicht geschmeckt habe, antwortete sie nur: „Ich kann nicht mehr. Ich möchte bitte bezahlen."
„Sie können auch sonst nicht mehr, nicht wahr?" Tränen traten Renée in die Augen. „Ich bringe Ihnen Tee, bleiben sie für einen kurzen Moment sitzen."
Renée trocknete ihre Tränen. Was für eine Frau war das?
Nach kurzer Zeit kam die Wirtin mit zwei Tassen Tee zurück, setzte sich an den Tisch, sah Renée mit einem mütterlichen Lächeln an.
„Wer sind Sie?" fragte Renée.
Die Wirtin zuckte die Schultern: „Eine gewöhnliche Frau, die erst vor kurzem gemerkt hat, dass sie manchmal Dinge sieht, die andere nicht sehen. Ich sehe nur, dass sie grossen Kummer haben. „
„Warum nehmen Sie das wahr ?" Renée hatte noch nie an so etwas geglaubt.
„Ich weiss es nicht, ich weiss es wirklich nicht, ich weiss nur, dass es Dinge gibt zwischen Himmel und Erde, die wir mit unserem Verstand nicht erfassen können."

Renée fing an zu sprechen, als führte sie ein Selbstgespräch. Die Frau hörte ihr aufmerksam zu, stand auf als Renée zu sprechen aufhörte.
„Haben Sie Angst vor dem Sterben?" fragte sie.
„Ja, verdammt noch mal, nein, ich habe Angst, das Leben, dass ich jetzt führe, zu verlieren, bald schon verlieren werde."
„Drehen Sie sich um, lesen Sie das Kalenderblatt an der Türe." Renée las laut: „Die Angst vor dem

Tod hält uns nicht vom Sterben, sondern vom Leben ab."

„Denken Sie immer an diesen Rat, wenn Sie merken, dass Sie Ihre Gedanken ans Sterben verschleudern, anstatt sich allem Leben um Sie herum zuzuwenden. Geniessen Sie jede Stunde, die sie noch ohne Schmerzen leben dürfen. Kommen Sie wieder zu mir, wenn Ihnen das Dach auf den Kopf fällt." Die Wirtin reichte ihr die Hand. In dieser Hand schien soviel Energie zu stecken, dass Renée wie getröstet die Wirtschaft verliess und auf dem schnellsten Weg nach Hause fuhr.

Sie hatte noch ein paar Tage Zeit, sich im Theaterspielen zu üben. Sie konnte und wollte Chris nicht schon am ersten Tag belasten. Und dennoch hatte sie Angst vor dem Wiedersehen.

Als Chris sie am Mittwoch anrief, sein Flugzeug werde am kommenden Samstag um acht Uhr früh landen, sagte sie ihm, sie würde ihn nicht abholen können, da sie Grippe hätte. Sie dachte, es sei leichter für sie, eine harmlose Krankheit vorzutäuschen, dann würde Chris ihr etwas sonderbares Benehmen verstehen. Sie kannte sich gut genug, um zu wissen, dass es ihr nicht gelingen würde, sich ganz wie früher zu geben.

Renée schmückte den Tisch im Wohnzimmer mit einem Strauss Chrysanthemen. Das waren für sie Blumen des Todes, aber sie wusste, dass Chris sie mochte. Er hatte sie immer ausgelacht, wenn sie von Todesblumen sprach: „Das ist doch schierer Aberglaube."

Die Firma hatte Chris einen Wagen nach Kloten geschickt, um ihn abzuholen. Kurz vor neun hörte Renée, die sich ins Bett gelegt hatte, wie er den Schlüssel im Schloss drehte.
„Hallo, mein Schatz, ich bin da!"
„Hallo, ich bin noch im Bett. Hast du genug geschlafen?"
Chris warf sein Gepäck im Wohnzimmer auf den Boden, stürmte ins Schlafzimmer, schlang seine Arme um Renée, als wollte er sie nie mehr loslassen. Er bedeckte ihr Gesicht, ihren Hals, ihre Schultern mit leidenschaflichen Küssen. Als er ihren Mund küssen wollte, wandte sie sich ab. „In meinem Mund lebt ein Ungeheuer", wollte sie schreien. Chris legte seine Hand an ihre Wange und drehte ganz sanft ihren Kopf. Tränen liefen ihr übers Gesicht.

„Renée! Warum weinst du denn, hab' ich dir weh getan?"
Sie atmete ganz tief ein und sagte, indem sie sich an seine Brust kuschelte: „Erstens sind es Freudentränen und zweitens will ich dich nicht mit Grippe anstecken."
„Ach, komm! Ich wäre schon lange angesteckt worden. Im Flugzeug sassen haufenweise Leute, die geschnäuzt und gehustet haben."
Sie lächelte ihn an: „Ich möchte gerne mit dir zusammen Kaffe, nein Tee trinken, damit meine Geister sich regen."
„Einverstanden, doch erst gehe ich unter die Dusche und ziehe saubere Wäsche an."
Er verschwand im Bad. Renée heizte den Kaffeeautomaten auf. Während sie wartete, schaute sie

wehmütig durchs Fenster. Kinder tollten auf dem Spielplatz herum, lachten und schrieen. Am Himmel schwebten weisse Wölkchen. Doch über ihrem Leben bauten sich grosse, schwarze Wolken auf, die sie zu erdrücken drohte: Krebs.
Sven, ihr Arzt, hatte ihr zur Beruhigung ein Medikament gegeben, das ihr helfen würde, wenn es ihr schwer fallen sollte, Theater zu spielen.
„Nimm es", hatte er gesagt, „obwohl ich nicht verstehe, weshalb du Chris nichts sagen willst."

Sie hatte die Tropfen in der hintersten Ecke des Putzschrankes versteckt. Weil sie wusste, dass Chris immer ausgiebig und lang duschte, holte sie das Fläschchen und träufelte mit zitternden Händen zwanzig Tropfen in ein halbes Glas Wasser.
Sie hatte das Medikament und dessen Wirkung vorher nie ausprobiert. Nach ein paar Minuten spürte sie eine wohlige Wärme in ihrem ganzen Körper und im Hirn schwebten weisse Wölkchen wie draussen am blauen Himmel.
Chris trocknete seine Haare mit einem Tuch, als er splitternackt in die Küche kam.
Renée empfing ihn mit einem strahlenden Lächeln. Er liess das Tuch fallen, hob sie hoch, trug sie zurück ins Bett.
„Was ist mit Kaffee trinken?"
Er sagte: „Das kann warten", und etwas pathetisch, „mich dürstet nach deinen Lippen!"
Leidenschaftlich umarmten sie sich, das trug sie weg in einen Rausch, der nicht mehr enden wollte.
Renée schlief in Chris' Armen ein. Ganz leise und behutsam löste er sich von ihrem Körper und ging in die Küche Kaffee trinken.

Während er Schluck für Schluck die Tasse leer trank, dachte er über Renée nach. Irgendwie war sie anders als sonst, aber vielleicht bildete er sich das nur ein, weil sie einander lange nicht gesehen hatten.

Die nächsten drei Monate waren beide übermässig beschäftigt. Arbeitstage mit elf bis zwölf Stunden waren keine Ausnahme. Renée konnte sich nichts besseres wünschen, um ihre unheimliche Krankheit etwas zu vergessen. Sie hatte gar keine Zeit, darüber nachzudenken. Die spärliche Freizeit, die sie und Chris hatten, nutzten sie für liebendes Zusammensein zu zweit oder für ein spannendes und zugleich entspannendes Gespräch mit Freunden.

Es war an einem Freitagabend, als Chris um acht Uhr immer noch nicht zuhause war. Sonst rief er Renée immer an, wenn er mehr als eine Stunde Verspätung hatte. Im Geschäft war niemand zu erreichen.
Sie hatte lange nicht mehr an das kleine Ungeheuer in ihrem Mund gedacht, das kleine Ungeheuer, das für ihren Körper zum Drachen werden könnte.

Als er endlich kam, schien er müde, ja, erschöpft zu sein.
Renée küsste ihn zärtlich: „Sind wir nicht zwei Idioten, unsere Gesundheit wegen eines Geschäftes, das nicht unseres ist, zu ruinieren?"
„Renée, was fehlt dir?"

Sie erschrak bis ins Mark: „Weshalb fragst du mich?"

„Ich habe Ria gesehen im ‚Chez Robert'. Sie hat mich gefragt, ob du keine Schmerzen hättest. Als ich sagte, ich wüsste nicht, weshalb du Schmerzen haben solltest, errötete sie.
Renée sank auf einen Stuhl. Wie wenn an einem Stausee eine Schleuse geöffnet würde, strömten ihr die Tränen aus den Augen. Sie vergrub das Gesicht in ihren Händen, ihre Schultern zuckten, sie weinte lautlos – ihr schien es eine Ewigkeit lang.

Chris blieb stumm auf seinem Sessel sitzen.
Renée konnte es nicht glauben, dass er sie nicht in die Arme nahm. Als sie sich ausgeweint hatte, hob sie zögernd ihren Kopf, sah Chris dort sitzen wie eine geknickte Blume.
„Warum?" sagte er immer wieder, „warum?"
„Weil..., weil..., „
„Weil?"
„Bist du einverstanden, dass wir morgen zu Sven gehen? Er wird dir alles erklären"
„Gut, wenn möglich über Mittag."

Renée ging langsam ins Bad, duschte kurz und legte sich dann ins Bett, mit weit geöffneten Augen an die Zimmerdecke starrend. Sie hörte, wie Chris durchs Wohnzimmer ging: hin und her, hin und her, wie ein Löwe im Käfig.
Sie waren beide in einem Käfig. Welcher drin und welcher draussen war, konnte sie für sich nicht beantworten.

Da Chris dem Arzt gesagt hatte, es sei ein Notfall, Renée drehe durch, konnten sie zwischen zwölf und halb eins in die Praxis gehen.
Sven's Gesicht war ernst, als er sie ins Sprechzimmer führte. Er bat sie, sich zu setzen.
Er sah Chris an: „Ein Notfall, sagst du?"
„Ich weiss zwar nicht, warum das ein Notfall ist, aber ich spüre es in mir drin, dass etwas ganz Ernstes über unseren Köpfen schwebt."
Sven sah Renée an, hob fragend die Brauen.
„Gut", murmelte sie, „sag' Chris, was los ist, aber lass mich ins Wartezimmer gehen."
Sven nickte.
Renée musste nicht lange warten. Nach zehn Minuten öffnete Sven die Türe: „Komm rein."
„Wie konntest du mir das antun?" fragte Chris.
„Weil ich weiss, was das heisst, Krebs im Gesicht zu haben. Du könntest mich nicht mehr lieben, wenn ich mit verzogener Wange nicht mehr richtig sprechen, nur noch lallen könnte."
„Renée" sagte er flehend „Renée. Glaub mir..."
Sie liess ihn nicht ausreden: „Nein, ich glaube dir nicht. Ich werde dir Bilder zeigen von Krebskranken, deren Gesichtshälfte buchstäblich weggefressen worden ist."
„Aber..."
„Ja, aber", fiel sie ihm ins Wort, „ich weiss, es gibt Prothesen, nur sind sie oft so schmerzhaft beim Tragen, dass du eher sterben möchtest, als ..."
„Renée!" es war fast wie der Schrei eines Erstickenden, „Renée, ich will nicht, dass du stirbst!"
Sie ging zu ihm, bettete seinen Kopf an ihre Brust: „Chris, du musst dir bewusst sein, dass du beim Gedanken an mein Sterben an *dich* denkst, nicht

an mich. Ich will weder verstümmelt werden, noch will ich unsagbare Schmerzen ertragen, bis der Tod mich erlöst.
ICH WILL NICHT!"

Sven hatte das Sprechzimmer verlassen, ohne dass die beiden es gemerkt hatten.
Als beide schwiegen, kam er zurück. Wortlos legte er Bilder auf den Tisch. „Sieh sie dir an", sagte er zu Chris. Es waren Fotos von verstümmelten Gesichtern nach Krebsoperationen. Eines der Opfer hatte dreissig Spitalaufenthalte hinter sich, und jedes Mal war wieder etwas von der rechten Hälfte des Gesichts weggeschnitten worden. Zuletzt auch das Auge herausgeschnitten.
Sven hatte auch eine Fotomontage von Renées Gesicht herstellen lassen, so wie sie nach mehreren Operationen aussehen könnte.
Chris schlug beide Hände vor sein Gesicht und sagte mit erstickender Stimme: „Oh, Gott!"
Sven wartete, bis Chris sich gefasst hatte, dann sagte er zu Renée: „Ich empfehle dir dringend, einen gründlichen Untersuch im Universitätsspital machen zu lassen. Ich werde dich gleich anmelden."
Renée war einverstanden. „Aber", sagte sie, „die Ärzte müssen von dir orientiert werden, dass weder eine Operation, noch eine Chemotherapie in Frage kommt."
Sie schob ihr Haar aus der Stirne, nahm einen Bleistift vom Schreibtisch und teilte damit ihr Haar, etwa zwei Zentimeter vom Haaransatz weg.
„Schau", sagte sie zu Sven.
„Ein Melanom, ein Melanom!" murmelte Sven.

„Ja, und ich weiss, dass ein Melanom möglicherweise Metastasen im ganzen Körper verursachen kann", antwortete Renée.

Sven hatte den Telefonhörer in die Hand genommen und eine Kurznummer eingestellt. „Geben Sie mir Doktor Albisser", sagte er, „es ist dringend."
Chris nahm Renées Arm und führte sie ins Wartezimmer. Sein Gesicht sah aus wie aus Stein gemeisselt. Schweigend warteten sie, bis Sven sie rief.
„Du kannst gleich ins Spital gehen", sagte er zu Renée, „und du wirst zwei bis drei Tage dort bleiben müssen, bis alle Untersuchungen durchgeführt worden sind."
Es gab nichts mehr zu sagen, schweigend drückten Chris und Renée Svens Hand. Als sie zum Parkplatz gingen, wirkten die beiden, wie wenn sie direkt aus dem Gerichtssaal kämen – verurteilt, lebenslänglich.

Schweigend fuhren sie nach Hause. Renée packte ein Köfferchen mit den nötigsten Dingen für den Aufenthalt im Krankenhaus. Während sie im Schlafzimmer die Checkliste durchging, stand Chris neben dem Fenster im Wohnzimmer, schaute hinaus auf die Strasse, und dann fing er an zu schreien: „Warum du? Warum wir? Warum nicht so ein alter Mensch da unten? " Mit beiden Fäusten schlug er gegen die Wand, tobte wie ein Wahnsinniger.

Renée ging zu ihm, stellte sich neben ihn, ohne etwas zu sagen. "Vielleicht ist es das Beste, was er machen kann", dachte sie.

Als er sich umdrehte, fiel er vor ihr auf die Knie, umschlang ihren Leib. Ein leises Schluchzen schüttelte seinen Körper.

Renée streichelte seinen Kopf, stand ganz ruhig. Sie sagte sich immer und immer wieder, dass einer von beiden in der kommenden Zeit stark sein müsse, damit keiner zerbräche.

Als Chris sich beruhigt hatte und sich aufrichtete, sagte sie ihm, was sie soeben gedacht hatte.

„Verzeih", sagte er, „eigentlich müsstest ja du verzweifeln."

Sie umarmten sich und blieben eng umschlungen lange stehen, ohne ein Wort zu sagen, bis Renée sich sanft von ihm löste.

„Wir müssen gehen", sagte sie.

„Ja, wir müssen gehen."

Nachdem die üblichen Formalitäten für einen Spitalaufenthalt geregelt waren, führte die Stationsschwester Chris und Renée in ein Einzelzimmer.

„Wenn sie wollen", sagte sie, „können Sie hier zusammen zu Mittag essen. Die Speisekarte liegt auf dem Tisch."

Chris sah Renée fragend an. Sie nickte, doch das gemeinsame Essen war keine gute Idee gewesen. Sie beide waren verkrampft. Keines wollte dem andern zeigen, wie weh ihm war.

Als Chris Renée zum Abschied küsste, brachte sie sogar ein Lächeln zustande. Doch als er weg war, konnte sie ihre Tränen nicht mehr zurückhalten, und als die Krankenschwester hereinkam, um ihr Blut abzuzapfen, war sie darüber sehr erstaunt.

„Warum weinen Sie denn? Der Untersuch wird ja erst morgen beginnen. Sie müssen sich doch nicht im voraus schon Sorgen machen."

„Ah, Sie wissen nicht, dass bei mir schon jetzt die Diagnose Krebs feststeht? Ich bin nur hier, um zu erfahren, wie lang ich noch zu leben habe."

Schwester Barbara wurde ernst: „Verzeihen Sie." Schweigend führte sie die Nadel in die Vene und füllte fünf Reagenzgläser mit Blut.

„Haben Sie noch einen Wunsch?" fragte sie, bevor sie das Zimmer verliess. Renée schüttelte den Kopf.

Sie setzte sich auf die Bettkante, unfähig, sich durch Lesen oder Fernsehen abzulenken. Ihre Gedanken gingen im Kreise. „Wie lange noch? Wieviele Schmerzen? Welche Kräfte werden mir helfen, den seelischen Schmerz zu ertragen? Und welche Medikamente den körperlichen?"

Sie griff nach dem Telefonhörer, denn ihr war wie eine Eingebung Ria eingefallen. Ria, die angehende Ärztin, zur Zeit Bardame. Renée hatte Glück. Ria war zuhause.

Sie zeigte sich sehr erfreut, Renées Stimme zu hören.

Doch als sie ihr sagte, weshalb sie im Spital war, wurde sie ernst.

„Ich habe schon damals, als du mir sagtest, eine Bekannte von dir sei an Zungenkrebs erkrankt, vermutet, dass du selbst davon betroffen bist. Bist du allein, kann ich dich jetzt gleich besuchen?"

„Ja", sagte Renée, „heute ist der beste Tag. Morgen und übermorgen werde ich von Untersuch zu

Untersuch wandern", und mit Galgenhumor: „Ein zum Tode Verurteilter wird nur einmal verurteilt, ich werde das im Multipack bekommen."

Nach einer halben Stunde war Ria bei Renée, die immer noch auf der Bettkante sass. Ria nahm sie ganz fest in die Arme, setzte sich dann zu ihr aufs Bett und sagte: „Wir beide können uns nichts vormachen, das wissen wir. Trost ist zu billig, weil das ganze zu ernst ist. Hast du dir schon Gedanken darüber gemacht, was du tun wirst, wenn die Schmerzen unerträglich werden? Das muss zwar nicht sein, aber *kann*."
Zum ersten Mal seit Renée wusste, dass sie Krebs hatte, war Bitterkeit in ihrer Stimme: „Natürlich habe ich mir Gedanken gemacht, und ich weiss, dass gewisse Nervenschmerzen mit nichts, absolut nichts gestillt werden können."
Ria sah sie forschend an: „Du hättest keine Skrupel, den Giftbecher zu trinken?"
„Ganz bestimmt nicht. Das ist für mich selbstverständlich. Ich bin nicht gewillt, unnötig zu leiden."
„Da gebe ich dir recht. Ich sehe keinen Sinn dahinter, und ich frage mich dauernd, aus welchen Gründen Menschen andere Menschen vom selbstgewählten Tod abbringen wollen. Schwer Leidenden helfen, würdig zu sterben, ist für mich ein grosser Akt der Barmherzigkeit."

Renée nickte: „Und die Verweigerung ist ein grosses Zeichen von Hartherzigkeit, von Egoismus. Wenn ein Mensch wegen seelischer oder körperlichen Schmerzen sterben will und irgend jemand hindert ihn daran, kann der einzige Grund dafür nur sein, dieser Jemand hat Angst davor, dereinst im Himmel dafür Rechenschaft ablegen zu müssen."

„Wie geht Chris damit um?" fragte Ria.

„Darüber haben wir noch nie gesprochen. Er muss das Ganze erst einmal verarbeiten." Renée fasste Ria an beiden Händen: „Bitte hilf ihm. Damit hilfst du auch mir."

„Bist du bei einer Organisation für Sterbehilfe?"

„Ja, schon lange, aber ich hätte nie gedacht, dass ich diese Hilfe einmal brauchen würde. Es ist die ‚Takeoff'. Schon dieser Name hat etwas Tröstliches. Abflug, mit Flügeln in die Ewigkeit."

„Ich werde versuchen, mit Chris zu reden. Schick ihn doch ins „Chez Robert", dann werden wir sicher ins Gespräch kommen."

Nach Feierabend kam Chris. Er hatte einen riesigen Strauss mit roten Rosen dabei.
Renée war glücklich, ihn wieder lächeln zu sehen.
Am Fenster im Zimmer war ein kleiner Tisch.
„Komm", sagte Chris, „wir trinken Champagner. Ich habe mich mit Sven unterhalten. Er hat mir gesagt, einen grösseren Blödsinn, als im voraus zu trauern, gebe es nicht. Falls die Zeit, die dir noch bleibt, kurz sein sollte, müsstest du sie nach Möglichkeit geniessen."

Renée lächelte: „Ich werde mir Mühe geben, und du musst mir dabei helfen."

Chris öffnete die Flasche. Der Korken knallte, was sonst bei Chris nicht der Fall war. Für Renée war dieser Knall wie ein Startschuss für einen neuen Lebensabschnitt – den letzten. Sie hatte in der vergangenen, schlaflosen Nacht ununterbrochen an Chris gedacht. Für ihn war ihre Krankheit vielleicht die grössere Last als für sie. Der Tod kam zu ihr letztlich als Befreier, für ihn war er ein Feind.

Als sie sich zuprosteten, fragte sie ihn, ob er sich während der Zeit, die sie zusammen waren, nie mehr verliebt habe.

Er schmunzelte: „Doch, zweimal. Aber eine Beziehung ist nicht in Frage gekommen und bloss eine kurze Affäre hätte ich nie gewollt. Erstens sind diese Frauen Gattinnen von Geschäftsfreunden und zweitens bist du mir viel zu wichtig. Seit ich weiss, dass am Anfang der Verliebtheit sich der Mensch im Zustand eines psychisch Gestörten befindet, bin ich vorsichtig geworden. Wenn ich mich verliebe, kann ich dies von Anfang an abblocken, denn der Wahnsinn beginnt erst, wenn sich zwei Menschen, die sich verliebet haben, körperlich nahe kommen. Dann entsteht ein hormonelles Erdbeben, das aber nicht allzu lange dauert, wenn daraus nicht Liebe wird."

Er streichelte ihre Hand: „Und eine Liebe ist genug."

Nachdem sie die Flasche ausgetrunken hatten, plauderten sie belangloses Zeug. Weder er noch sie wollten über das Damoklesschwert reden, das über ihnen hing, und jede Minute, mit Todesgedanken belasten. Das vorläufige Nicht-Hinsehen war schiere Notwendigkeit.

Als Chris ging, bat Renée ihn, bei Ria vorbei zu schauen. Sie sagte ihm jedoch nicht, dass sie hoffte, Ria würde Gelegenheit finden, mit ihm über ihren Freitod zu sprechen.

Der kommende Tag war ein Marathon von Test zu Test, von Untersuch zu Untersuch.
Nachdem sie zwei Ärzte gefragt hatte, ob schon Metastasen gefunden worden seien und diese ihr geantwortet hatten, man müsse zuerst alle Ergebnisse abwarten, sprach sie kein Wort mehr, bis der Chefarzt, Doktor Albisser, mit ernstem Gesichtsausdruck zu ihr ins Zimmer kam.

Als er sich räusperte, sagte sie: „Sagen sie mir möglichst kurz drei Dinge. Sind Metastasen gefunden worden? Wo wurden sie gefunden? Wie lange habe ich noch zu leben?"
Der Doktor schaute sie erstaunt an: „Was meinen Sie mit ‚wie lange habe ich noch zu leben'? Wir verfügen heute über modernste Behandlungsmethoden. Sie können doch nicht einfach aufgeben. Und überhaupt werden wir die endgültigen Resultate erst in etwa zwei Wochen zur Verfügung haben, wenn sie von den Laboratorien zurückkommen."
„Und wie hoch sind die Chancen, ich meine siebzig, fünfzig oder dreissig, dass ich geheilt werde?"

Er konnte seine Verlegenheit nicht verstecken. Er gab zu, dass er das nicht wisse.

Renée stellte sich vor ihn hin, sah ihm in die Augen und sagte: „Keine Behandlung. Wenn der

Schmerzpegel steigt, Morphium. Wenn ich nur noch im Morphiumnebel leben kann, Freitod. Und jetzt gehe ich nach Hause."

Der Doktor ergoss einen Wasserfall an Worten über sie. Er sei schliesslich Arzt, damit er den Menschen helfen könne. Die Palliativmedizin, er meine die Schmerzbekämpfung, sei heute so gut, dass sie auf keinen Fall an Suizid denken dürfe und..." Hier unterbrach ihn Renée: „Erzählen Sie nicht solchen Unsinn, Sie wissen genau, dass es gewisse Nervenschmerzen gibt, die nicht bekämpft werden können..."
Er schnappte nach Luft: „Lassen Sie uns doch in Ruhe..."
„Meine Ruhe ist vorbei. Und eines möchte ich Ihnen noch sagen: Ich will nicht, dass meine Schmerzen gemildert, sag' auf ein Mass gesenkt werden, das gerade noch zu ertragen ist, um nicht den Verstand zu verlieren. Ich will, verdammt nochmal, selbst sagen, wenn der Schmerz für mich unerträglich wird, das heisst, ich will gar keine Schmerzen erdulden. Wenn es soweit ist, will ich sterben."
Sie nahm ihr Köfferchen vom Bett, warf alles, was ihr gehörte hinein, aber bevor sie das Zimmer verliess drehte sie sich nochmals um und fragte den Chefarzt, ob Sven ihm nicht gesagt habe, dass sie keine Behandlung wolle.
„Doch, doch", sagte der Arzt, „aber hier im Spital sage *ich*, was getan wird."
„Dann tun Sie das!" Renée verliess das Zimmer ohne Adieu zu sagen.

Die Empfangsdame beim Eingang bat sie, ihr ein Taxi zu bestellen.
Als sie in ihrer Wohnung war, rief sie Chris an.
„Soll ich nach Hause kommen?" fragte er.
„Nein, bitte nicht. Ich bin wegen der Untersuche völlig erschöpft, ich möchte schlafen. Sag den Leuten im Büro, dass ich am Montag wieder arbeiten werde."
Chris' Stimme wirkte fröhlich: „Also geht es dir gut?"

„Lass uns am Abend darüber sprechen, hab Geduld."

Als Chris kam, schlief Renée noch. Er setzte sich zu ihr aufs Bett, betrachtete ihr Gesicht, das völlig entspannt wirkte. Er prägte sich jedes Fältchen auf ihrer Stirn, um ihre Augen und um ihre Mundwinkel ein. Er hoffte, sich damit ihr Bild wie ein Foto einzuprägen. Immer und immer wieder sagte er ganz leise: „Ich liebe dich."
Als Renée nach einer halben Stunde die Augen öffnete, zog sie seinen Kopf an ihre Brust, streichelte sein Haar.
Er blieb ganz ruhig liegen, bis Renée sagte: „Ich fühle mich jetzt ganz gut, ich will aufstehen."
„Was sagen die Ärzte?", fragte Chris.
„Nicht viel, sie wissen noch zu wenig. Sven wird uns anrufen, wenn er das Resultat hat, aber das kann noch zwei Wochen dauern."
Sie erwähnte nichts von dem, was sie Albisser gesagt, und wie er reagiert hatte.
Chris hatte Pizza mitgebracht und sie warm gestellt. Nach dem Essen wollte Renée in Robert's

Bar gehen. Als sie das Haus verliessen, fragte Renée beiläufig, ob Chris mit Ria geredet hätte.
„Ja, sagte Chris, aber nur ganz kurz. Sie wird am Sonntag nach Mittag zu uns kommen, damit wir uns zu dritt über deine, ich meine unsere Zukunft unterhalten können."
„Ja", sagte Renée und nach einer Weile: „Bitte Chris sag' sonst niemandem, wie es um mich steht. Mir wird übel beim Gedanken, bemitleidet zu werden."
„Ja doch", antwortete Chris, „Ria und ich haben schon gestern beschlossen zu schweigen."
Sie lächelte: „Danke!"

Ria eilte ihnen entgegen, als sie die Bar betraten, küsste beide, und als Renée sah, wie sie Chris küsste, entstand in ihr der grosse Wunsch, dass sie sich ineinander verliebten. Mit sich selbst hatte sie bis jetzt kein Mitleid. Der Partner, der zurückblieb, musste ja den ganzen Schmerz der Trennung tragen.
Es stand noch niemand am Tresen. Chris und Renée setzen sich auf die Barstühle, plauderten mit Ria über belangloses Zeug. Es hatte keinen Sinn, ein ernsthaftes Gespräch anzufangen, da in der nächsten halben Stunde bestimmt alle Stühle besetzt sein würden.
So war es auch. Renée war fast sicher, dass auch Reto kommen würde. Er war schon seit längerer Zeit Stammgast. So war es auch.
Er stellte sich hinter Chris und Renée, und da er sehr gross war, konnte er gut von „oben her" mit ihnen plaudern. Er bestellte einen Gin-Tonic und sagte dann zu Chris: „Als du weg warst, habe ich

mit Renée über die grosse Liebe gesprochen. Warst du ihr denn treu, als du immer unterwegs warst? Ist ja zwar ein Blödsinn, dich das in ihrer Gegenwart zu fragen. Du würdest ja doch lügen."
„Nein, ich habe sie nie betrogen und zwar aus dem einfachen Grund: Ich *wollte* nicht."
Renée drehte ihren Kopf, lächelte Reto zu und sagte: „Im übrigen bin ich sicher, dass er nie mit einer andern geschlafen hat, er hätte es mir nämlich gesagt."

Reto sah Chris zweifelnd in die Augen: „Stimmt das?"
„Ja, es stimmt und wenn, hätte Renée mir verziehen. Frauen hassen nichts so sehr wie die Lügen. Eine vernünftige Frau weiss, das ein einmaliger Ausrutscher nichts mit Liebe zu tun hat."
Reto zuckte die Schultern und sagte: „Es geschehen noch Zeichen und Wunder. Ich versteh' das nicht."
Renée lachte: „Du musst ja auch nicht alles verstehen, aber ich rate dir dringend ab, zu heiraten, das würde bei dir fast hundert Prozent schief gehen."

Ria besuchte Renée und Chris wie verabredet am Sonntag nach Mittag. Nachdem Chris drei Tassen Kaffee aus der Espressomaschine gefüllt hatte, begann Ria ohne Umschweife darüber zu sprechen, was Renée mit ihr im Spital diskutiert hatte.
„Chris, hast du dir auch schon Gedanken gemacht über Sterbehilfe?"

„Früher nie", sagte er, „aber seit ich die Bilder der verstümmelten Gesichter gesehen habe, habe ich oft darüber nachgedacht".

Ria nickte: „Ich will euch keine Angst einjagen, aber falls der Krebs bei Renée schon wichtige Organe angegriffen hat, kann er in kürzester Zeit da und dort unerträgliche Schmerzen verursachen."

Chris seufzte: „Das wäre das Letzte, das ich möchte, auch wenn ich deshalb Renée verlöre. Morgen werde ich ‚Takeoff' anrufen, damit wir den Termin für ein Gespräch vereinbaren können. Es ist nicht ungewöhnlich, dass Schwerkranke über Monate hinweg Kontakt mit einem Sterbehelfer oder -helferin pflegen. Manchmal ist ein Freitod überhaupt nicht nötig. Viele Patienten schlafen ohne grosse Schmerzen friedlich ein."

Als Ria sah, wie stoisch Renée dies alles zu Kenntnis nahm, bewunderte sie sie insgeheim. „Ich weiss nicht, ob ich das könnte", dachte sie.

Nachdem Chris sich geäussert hatte, bat Renée ihn und Ria, für diesen Tag das Thema beiseite zu schieben.

„Wisst ihr was", sagte Ria, „wir gehen ins Kino. Ablenkung ist genau das Richtige für uns."

„Ja, gut", sagte Renée und stand auf, um sich umzuziehen. Chris und Ria warteten schweigend im Wohnzimmer. Die ganze Situation hatte etwas Unwirkliches, weit Entferntes.

Ria hatte recht gehabt. Die Kriminalkomödie, die sie sich angeschaut hatten, war vorzüglich insze-

niert gewesen, und liess sogar Renée für zwei Stunden unbeschwert lachen.
Weil sie alle Lust auf ein schönes Abendessen hatten, suchten sie zu dritt ein Lokal auf, das erst vor zwei Wochen eröffnet worden war und eine sehr gute Kritik in einer Tageszeitung hatte.
„Hast du deine Eltern geschrieben, wie es um dich steht", fragte Ria.
„Ach weißt du, meine Mutter ist gestorben und mein Vater wohnt in Spanien. Kurz nachdem Chris und ich zusammen gezogen waren, haben meine Eltern ein Haus in Spanien gekauft. Mutter wurde aber bald danach krank und starb in einem Krankenhaus in Madrid. Vater hat wieder geheiratet. Ich sehe ihn höchstens einmal pro Jahr, wenn er mit seiner Frau Ferien in Arosa verbringt."

Am Montag ging Renée wie gewohnt zur Arbeit. Niemand ahnte etwas von ihrer Krankheit. Sie hoffte, das dies noch Wochen oder gar Monate so weitergehen könnte. Sie arbeitete regelmässig zehn Stunden pro Tag, denn sie fühlte sich soweit wohl, nur der Knoten in ihrer Zunge wurde immer lästiger.

Nach einer Woche rief Sven an. Er hatte die Untersuchungsresultate vom Spital erhalten. Er schlug vor, dass Chris bei der Besprechung dabei war.
Nach Feierabend gingen sie in seine Wohnung. Er bat sie, sich aufs Sofa zu setzen. Er nahm ihnen gegenüber in einem Polsterstuhl Platz. Die Unterlagen vom Spital legte er vor sich auf den Tisch.

Renée sprach zuerst: „Die Nachricht ist schlecht, ich sehe es in deinen Augen."

Sven senkte den Kopf: „Ja, sie ist schlecht. Du hast Metastasen in Leber und Lunge, und da du keine Behandlung willst, wirst du höchstens noch ein halbes Jahr leben."

Renée hatte es geahnt, Chris auch, aber er hatte es einfach nicht glauben wollen.

„Und jetzt?" fragte er.

„Geniesst die Zeit, die euch noch bleibt. Trauern hilft nicht. Geniesst die kleinste Kleinigkeit", sagte Sven.

Schweigen.

„Ich möchte ein Glas Wein", sagte Renée.

Sven, der allein wohnte, holte in der Küche eine Flasche Weisswein, stellte sie auf den Tisch, ging dann zur Vitrine, holte drei Gläser. Als er eingeschenkt und sich wieder gesetzt hatte, sagte Renée: „Da gibt es noch etwas anderes. Nächste Woche werden wir eine Besprechung mit einer Sterbehelferin von Takeoff haben und wir möchten, dass du dabei bist."

„Ja, natürlich", sagte Sven, „du bist also entschlossen, Schluss zu machen, wenn du es nicht mehr aushältst?"

„Ja, erstens will ich nicht leiden und zweitens will ich Chris und Ria nicht zumuten, den Zerfall meines Körpers mit ansehen zu müssen."

„Ria, wer ist denn Ria?" fragte Sven.

„Unsere Freundin, und wenn du willst, eine Wahlverwandte", erwiderte Chris.

„Und du"? fragte Sven.

„Ich denke, Renée hat das Recht, ihre Todesstunde selbst zu bestimmen, ich darf nicht über sie verfügen."

Die Sterbehelferin kam am nächsten Abend.
Sven, Ria, Chris, sie alle waren bereit.

Chris öffnete die Tür, als es klingelte. Eine Frau, mittleren Alters, hielt ihm die Hand hin. Sie hatte kurze, rötliche Locken und trug eine Brille mit Goldrand. Chris bat sie, ins Wohnzimmer zu kommen.
„Ich bin Eva", sagte sie, und indem sie sich in der Runde umsah, „wer ist krank?"
Renée hielt ihr die Hand hin: „Ich heisse Renée, und ich bin die krebskranke Frau. Bitte setz dich."
„Oh Gott, was für eine schöne Frau!" entfuhr es Eva.
Renée schaute sie mit traurigen Augen an: „Auch Schönheit vergeht, wir sind alle nur ein Blatt im Wind."

Chris hatte verschiedene Getränke auf den Tisch gestellt und sagte: „Selbstbedienung, bitte."

Eva legte einen Stapel Papier auf den Tisch: „Es tut mir leid", sagte sie, „aber es muss sein. Ich brauche eine schriftliche Diagnose des Vertrauensarztes."
Sven kramte in seiner Aktentasche und legte die Diagnose des Spitals auf den Tisch.
„Danke", sagte Eva.

Nachdem sie das Schriftstück überflogen hatte, fuhr sie fort: „Es ist Vorschrift, dass ich mit der Patientin in den kommenden Tage unter vier Augen spreche, um abzuklären, ob nicht Dritte ein selbstsüchtiges Interesse an Renées Tod haben könnten."

Renée lachte: „Oh, mein Gott, Chris, willst du mich beerben?"
Eva zuckte die Schultern, lächelte: „Ihr wisst ja, der Amtsschimmel wiehert, wo immer er Kriminelles wittert."
„Der Hausarzt - Sven, das bist du - muss bereit sein, das Rezept für den Todestrank auszustellen. *Wann* Renée diese Welt verlassen will, ist ganz allein ihre Entscheidung. Falls ihr einverstanden seid, werde ich die Sterbebegleiterin sein. Ich werde, wenn es soweit ist, in der Wohnung bleiben, bis Renée den letzten Atemzug gemacht hat. Wie ich ahne, werdet ihr drei, Chris, Ria und Sven bei ihr sein, wenn sie das Mittel trinkt."
Alle drei nickten stumm.
„Von dir, Renée, muss ich eine Unterschrift unter die Freitoderklärung haben. Vom Zeitpunkt an, in welchem Renée den Becher ausgetrunken hat, muss von mir ein genaues Protokoll erstellt werden, bis der Tod eintritt.
Und dann...", Eva zögerte, „dann muss die Polizei und der Amtsarzt benachrichtigt werden." Sie zuckte die Schultern: „Das Gesetz will es so."

Hätte ein Fremder den drei Frauen und den zwei Männern zugeschaut, hätte er glauben müssen, die fünf seien ins Gebet vertieft: Die Köpfe nach unten gebeugt, die Hände gefaltet.

Sven sprach als erster: „Dann ist jetzt vorläufig nur noch ein Termin mit Renée zu vereinbaren, wann sie sterben will?" fragte er.

„Ja, aber sie allein ist es, die den Zeitpunkt festlegt."

„Wir alle", sagte Ria, „wir alle werden Renée unterstützen und bei ihr sein, bis zum letzten Atemzug...", Ihre Stimme brach. Chris legte seine Arme um ihre und Renées Schultern und zog tröstend ihren Kopf an den seinen.

„Ich sehe, ihr seid ein gutes Team, ihr seid euch einig, ihr seid ihr eine gute Familie", sagte Eva. „Es ist oft schwer und beschämend, wie Freunde und Verwandte mit dem Entschluss eines Patienten, den Freitod zu wählen, umgehen. Darf ich euch vorschlagen, heute nicht mehr darüber zu sprechen. Ihr dürft nicht jede Minute mit dem Gedanken an den Tod, das Noch-sein zum Kerker machen."

Nach einer Woche trafen sich Eva und Renée, um unter vier Augen zu sprechen. Eva war eine gute Zuhörerin.

Renée redete sich alles von der Seele, was sie beschäftigte: Sie sprach über die wunderbare Beziehung zu Chris. Sie sprach darüber, wie sehr sie es sich wünschte, dass er wieder eine gute Partnerin finden möge...

Eva lauschte ihren Worten und sagte nur: „Ich würde auch so handeln wie du." Sie streckte

Renée beide Hände entgegen, nahm die ihren und hielt sie für lange Zeit fest. Sie sah, dass Renée mit den Tränen kämpfte und sagte: „Lass deinen Tränen, wann auch immer, freien Lauf, sie werden dich von der seelischen Verkrampfung befreien."

Eva ging zum Bahnhof, nachdem sie mit Renée vereinbart hatte, dass sie sich in Zukunft jeden Donnerstag treffen würden.

Chris schlug nach vier Wochen Renée vor, nur noch zwei Tage pro Woche zu arbeiten. Die körperliche Erschöpfung stieg von Tag zu Tag.
Renée war einverstanden, doch nach weiteren zwei Wochen war die Erschöpfung total. Renée gab auf.
Sie sagte bei ihrer Kündigung, dass sie bald sterben werde. Ihren Chef traf diese Mitteilung wie ein Hammerschlag.
„Mir ist schon aufgefallen, dass Sie viel Gewicht verloren haben", sagte er, „aber dass es so schlimm um Sie steht, kann ich kaum fassen."
Er drückte ihre Hand beim Abschied, konnte die Tränen, die ihm über die Wangen rollten, nicht zurückhalten.

Renée tat alles Mögliche, um sich abzulenken.
Schon seit mehr als zwei Wochen schmerzte ihr Bauch. Sie musste die Schmerzmitteldosis, die ihr Sven verschrieben hatte, fast jeden zweiten Tag erhöhen.
Sie las viel oder sah fern.

Sven kam jeden zweiten Abend zu ihr, spritzte ihr Opiate. Auch Ria kam ins Haus, so oft sie konnte. Chris spürte, wie der Tod immer näher kam.

Eines Abends, Chris und Ria sassen an ihrem Bett, klagte sie über Schmerzen im Mund und im Hals.
„Ich habe Angst, zu ersticken", flüsterte sie unter Tränen.
Chris und Ria wichen bis zum Morgen nicht mehr von ihrem Bett.
Um sieben Uhr rief Chris Sven an. „Ich komme", sagte er.
Nach zwanzig Minuten war er da. Er beugte sich über Renée: „Ich habe Eva, die Sterbebegleiterin, angerufen, wie du es gewünscht hast. Bist du bereit?"

Renée öffnete die Augen, flüsterte, sie möchte mit klarem Verstand von Chris, Ria und ihm Abschied nehmen. „Jetzt keine Schmerzmittel mehr, bitte."

Sven drehte sich um, sah Chris und Ria an: „Eva wird in etwa drei Stunden hier sein. Was soll ich tun?"
„Mach dir keine Sorgen", sagte Chris, „Renée wird sagen, was sie sich wünscht. Sie hat die Grenze der unerträglichen Schmerzen nie überschreiten wollen, jetzt, für einen kurzen Moment will sie es so."

Kurz vor zehn Uhr läutete Eva an der Wohnungstür.

Sie ging geradewegs zu Renées Bett. Diese lag ganz ruhig, mit weit geöffneten Augen in ihren Kissen, die Ria so hingelegt hatte, dass Renée etwas aufgerichtet die Menschen um sie herum gut sehen konnte.
„Jetzt?" fragte Eva, „oder willst du noch etwas warten?"

„Ein bisschen warten. Setzt euch alle zu mir."
Ausser Renée kämpften alle mit ihren Tränen. Ria und Chris setzten sich rechts und links, ganz nah bei ihrem Gesicht. Sven und Eva am Fussende.
Renée sah erst Chris flehend in die Augen, dann Ria: „Seht euch an", bat sie. Sie erfüllten ihr Bitte. Es war ein langer Augenblick. Renée lächelte.
„Könntet ihr einander lieben?"
Beide sahen Renée an, dann wieder sich. Renée glaubte, in Rias Augen gleichzeitig den Ausdruck des Fragens und dann den der Liebe zu sehen.
„Und du, Chris?" fragte Renée.
Er barg sein tränennasses Gesicht an ihrer Brust, flüsterte: „Ich weiss es nicht."
Sie streichelte seinen Kopf: „Dein Leben muss weitergehen. Versprich, dass Du daran arbeiten wirst mich loszulassen."
Er hob seinen Kopf: „Ich versprech' es dir."

Renées Gesicht entspannte sich, sie wirkte fast heiter.
„Sven, hast du die Medikamente mitgebracht? Eva, ich bin so weit", sagte sie.
Ria und Chris waren fast am Ende ihrer Kräfte. Sie konnten ihre Tränen nicht mehr zurückhalten.

Lautlos rannen sie einfach über ihre Wangen.
Renée wartete mit geschlossenen Augen.
Nach kurzer Zeit kamen Eva und Sven wieder ins Zimmer.
„Renée, bist du einverstanden, dass ich dir den Becher an die Lippen halte?" fragte Chris.
„Du und Ria", sagte sie ganz klar. Sie richtete sich auf: „Jetzt ist das Sterben für meinen Körper eine Erlösung, aber auch für meine Seele, da ich weiss, dass ich meine liebsten Menschen nicht in einsamer Trauer zurücklassen muss. Reicht mir den Becher."
Chris' Hand zitterte. Ria half ihm, den Todestrank an Renées Lippen zu führen. Sie trank den Becher in einem Zug leer und sank dann zurück in die Kissen.
Chris und Ria legten ihren Kopf auf beide Seiten von Renées Kopf. Nach wenigen Minuten schlief sie tief und fest, um langsam da hinüber zu dämmern, wo es keine Schmerzen gab.